Nathalie Nallet

# D'une oreille à l'autre

Nouvelles

Photo de couverture : Nathalie Nallet
Mars 2018

*D'une oreille à l'autre*

*D'une oreille à l'autre*

Remerciements :

*Alors que l'écriture s'est faite dans le plus grand secret, l'amitié et le soutien de Gisèle et Corinne ont autorisé la publication. Sans elles, je n'aurais jamais osé sortir de l'ombre. Elles ont libéré la parole et comme le disait déjà Nietzsche dans le Gai Savoir, marqué la liberté dans le fait de ne plus rougir de soi.*

**A**ucune des femmes n'appartient à l'imaginaire sans pour autant révéler une seule et même personne. Chacune en dévoile plusieurs, sous une seule et même identité au patronyme fictif. Les histoires recomposées prennent leur source dans le secret des consultations. Les romancer, leur rendre hommage, leur dire merci, permet de déposer ce qui m'a été confié et qui pèse.

Merci à toute et à chacune de m'avoir associée à une part de votre vie, de m'avoir fait confiance.

Vous êtes le plus beau cadeau.

# Du bitûme à la terre

**V**endredi 24 Mai 2017, 7h du matin, impasse Famine, la samba rouge décapotable de Justine résiste. Ça ne peut tomber plus mal. Titine, muette comme une carpe reste sourde aux supplications. Les deux mains cramponnées sur le volant, la jeune femme tente en vain de réprimer son envie de pleurer. Elle finit par jurer. Après 9 tentatives, (10-1), sans prévenir, la porte claque, ébranle la carrosserie. Elle a envie de donner des coups de pied dans un pneu. Instinctivement, elle vérifie l'absence de témoin. Le temps du contrôle suffit à anesthésier sa colère, remise à plus tard accolée à la promesse qu'une fois n'est pas coutume. Pour l'heure, sans pardonner à Titine sa défaillance, ni même l'accepter, elle l'abandonne et la classe parmi les vestiges du passé dépassé. Elle cherche la meilleure adaptation possible. Détournée de son objectif par une pensée furtive de fidélité, de droit à l'erreur, elle décroche un sourire et met la métaphore dans un tiroir pour revenir à l'efficacité du moment.

D'un mouvement de tête elle renvoie sa lourde chevelure à l'arrière, juge qu'elle a suffisamment laissé filer le temps. Téléphone portable en main, elle se rabat sur le plan B, hésite parmi la foison d'applications, entre Waze, Uber et la RATP. Jugeant trop nombreuses les variables indépendantes de sa volonté, constante à son habitude elle élimine d'office les transports publics, efficace et tenace, la planification s'impose. Etape 1 : évaluer la distance à parcourir sur Waze.

Etape 2 : en fonction du résultat, soit enclencher le mode piéton, soit bifurquer sur Uber. Sans surprise, rentabilité oblige, elle opte pour le VTC. Temps d'attente estimé : 6 minutes. C'est parti, elle compte : 2 X 3= 6, soit à la vitesse de 5km à l'heure, 1km parcouru en 6mn... Le regard levé sur les passants, mécaniquement, presque naturellement et sans effort, elle leur attribue des numéros. Un pour les hommes, deux pour les femmes, comme à la sécurité sociale. Jusque là, rien de difficile. S'ajoute au modèle binaire le chiffre trois et quatre qu'elle affecte respectivement aux adolescents et aux enfants, passant ainsi d'un langage binaire à celui à quatre variables nettement plus couteux en concentration. Son besoin impérieux d'ordonner l'amène à classer au fil de l'eau les personnages en colonnes, (6 colonnes de 5 chiffres) bien parallèles. La chorégraphie ininterrompue des chiffres la capture hors de l'instant présent. Chiffres et algorithmes la connaissent. Ils font son quotidien 5 jours sur 7 et 12 heures par jour. Développeuse. Enfin, comme elle a coutume de le dire, « pisseuse de ligne et développeuse de tout et n'importe quoi » : pour rencontrer l'âme sœur, trouver son chemin, mincir, courir plus vite... Jack Nicholson, comme un «warning» s'impose à elle. Elle sait s'en vouloir se l'avouer qu'elle n'est pas loin des comportements pathologiques de son idole. Elle sort de sa séance de cinéma intime confuse et mal en point. Le grand Jacques la desserre sans qu'elle parvienne à totalement se libérer de l'emprise. La respiration plus fluide, dans l'espoir de grapiller quelques secondes, Justine compare son chrono à celui de l'application. Elle a encore perdu une occasion de sortir de la catégorie des névrotiques vérificateurs.

## *Du bitûme à la terre*

Loupé, 2 fois loupé !

Elle abrège les civilités avec le chauffeur, va droit au but, annonce la destination sans fioriture. Ceinture bouclée, elle attend de lui qu'il se taise. Elle lève toute ambiguïté en plongeant le nez dans son cartable puis sur sa tablette. Le véhicule est aussi noir que sa Samba est rouge. Déterminée, elle tente de retrouver dans l'habitacle une bulle protectrice. Elle se repasse en boucle sa todo liste du jour et constate sans surprise qu'elle a encore compté court. Elle n'a pas mesuré le surpoids de l'exceptionnel. Dans son ordinaire ambitieux, il va encore manquer un quart d'heure à sa journée (5x3). Des mois qu'elle repousse l'échéance, qu'elle saute sur les prétextes pour différer. La lettre du notaire l'a prise en otage. Les préoccupations patrimoniales, la famille, ne sont pas sa tasse de thé, pourtant aujourd'hui elle n'a plus le choix, elle doit s'y coller. Des frissons lui parcourent l'échine.

Sans qu'elle cherche à la retenir, la route glisse devant ses yeux, aucune information n'arrête son regard. Elle est déjà ailleurs, le trajet lui en semble d'autant plus court. Entre rêve et réalité, comme si elle voulait rattraper le temps perdu, l'impatience soudaine se mêle à l'excitation. Ambivalente, elle s'échoue un peu plus sur le siège, baisse sa garde sans parvenir à déterminer la valence de ses émotions.

La voix féminine du GPS confirme qu'elle est arrivée. Collée à la façade, le regard arrêté par le toit du véhicule, l'héritage se dévoile discrètement. Sans contestation possible, son google map interne lui indique qu'elle est arrivée, qu'elle y est, elle est même rentrée. La maison de village enchâssée entre les arbres centenaires et le voisinage lui scie les jambes. A première vue, la bâtisse est mieux conservée que sur la photo du notaire.

Le chauffeur impatient attend visiblement qu'elle descende. Elle diffère, sans savoir quoi, incapable de bouger. Intérieurement, elle bouillonne, trépigne alors qu'au dehors tout semble dormir. L'immobilité du lieu, la mousse, les tilleuls majestueux la ramènent malgré elle, au calme. ON/OFF. Elle se sent comme sur une autre planète, pas au bon rythme, pas au bon endroit, pas au bon moment. Elle finit par descendre, groggy. De ses doigts gourds, la bouche en cœur, elle parcourt le mur de la façade en pisai humide, passe sa main sur les volets fermés. En moins de temps qu'il n'en faut pour le dire, elle vire. Comme reliée à une électrode, l'absurdité des choses lui saute au visage. Sans hésitation ni concession, ni une ni deux, elle décide : Prendre le temps, avant que lui, ne la reprenne. Dos au mur, elle se laisse glisser. Le barrage lâche, les larmes coulent. La petite fille qui est en elle sanglote. De grosses larmes chaudes et salées coulent le long de ses joues. Elles lui font de gros sillons dans le cou. Elle regrette, dieu qu'elle regrette. Elle pleure après le temps qui ne reviendra pas ; le temps perdu, celui de s'être trompée, d'avoir toujours préféré l'autoroute aux nationales. Mais qui a bloqué les accès, pourquoi contraintes et obligations pèsent sur elle plus que sur les autres ? Immobile, son mode de vie courageux et laborieux la prend à la gorge. Elle perd son souffle. S'étouffe et hoquette.

Le contact de la lourde clef dans la serrure, son bruit, la ramènent au concret. Le risque de non retour est si grand qu'elle diffère la perspective du plaisir. Les questions restent en suspens, remises à plus tard. La porte s'ouvre avec un léger bruit de balai et des étoiles de poussière en suspension. Glissée à l'intérieur, elle la ferme précautionneusement, avec la peur de gommer l'instant. Une voix intérieure de petite fille lui dit d'attendre, de ralentir. Une nouvelle fois, sans résister, elle se laisse glisser au sol. La terre et la pierre lui redonnent la sensation de plein. Elle déborde, laisse venir à elle le plaisir de la matière, de l'autre dont elle a tant besoin et qu'elle se refuse ; pourtant elle sait sans vraiment comprendre en quoi ces quelques grains de terre la complètent. Elle se sent soudain protégée et entière. Enfin seule et pourtant tellement accompagnée. Elle effrite machinalement une petite motte de terre entre ses doigts, la pétrit jusqu'à ce qu'elle ait l'aspect de graines de couscous. Elle frotte ses mains sur le mur humide, sent l'odeur de la terre sans toutefois retrouver l'odeur de ses souvenirs. Seules quelques essences perdurent. Peut être, celle de la lavande des placards de sa grand-mère. Elle se rappelle les jolis paquets de coton blanc brodé aux initiales de chacun ; ils avaient leur place dans tous les placards et sur toutes les étagères. En Août, toute la famille prenait part au rituel de leur remplacement. Justine doit bien avoir encore quelques rescapés en ville, dieu sait où ? Elle n'arrive pas à s'enlever de la tête le besoin de savoir où elle a bien pu les ranger. Elle convoque sa légèreté, l'obsession occulte le présent, l'en détourne comme si elle voulait la détourner de ce qu'elle vit. Comment a t-elle pu avoir mis sa grand-mère au placard toutes ces années. Enfermée dans le poids des «je dois, il faut, je n'ai pas le choix» elle a loupé le train. Le coté naturel et inéluctable de son mode de vie vacille entre deux rythmes, à contre temps. Elle se laisse bercer par une comptine intérieure, puis, surprendre par le changement de rythme introduit par la « Moraline » qui tourne en boucle et lui donne un haut le cœur. La volonté d'éloigner la nausée, laisse la pensée divaguer sans contrôle. Ainsi l'association libre l'amène à investiguer simultanément les tiroirs les plus enfouis de la pensée avec ceux très actuels. Elle s'en étonne et associe sans vraiment savoir pourquoi sur les stades de développement de l'enfant, la conservation de la matière, l'odeur de la terre glaise de l'Ain. Véritable abréaction, elle se revoit petite fille solitaire, retourner et draguer inlassablement et patiemment le courant de la rivière dans le seul but de créer. Qu'il pleuve ou qu'il vente, tenace, elle confectionne des bols et coupelles tout aussi peu ronds qu'inutiles. La performance réside dans la création de séries. Jamais de paires, toujours des trios, des groupes de 3 (3x1). Tout y était déjà, la terre lui a appris la relation de cause à effet entre le temps qui passe et la détérioration de la matière. Jamais elle ne s'est découragée ou lassée face aux craquelures inéluctables de la glaise. Tenace, d'année en année, la compulsion à modeler a été sa façon à elle de refuser la fatalité. Insidieusement, dans le calme, l'origine de son trouble s'invite, remonte à la surface. L'odeur d'eau croupie, de vase, l'aspect brillant et lisse des poteries qui se dégradent au soleil la suffoque. Ereintée, elle reprend son souffle et songe à la petite fille. A terre, elle se recroqueville, calle ses genoux contre sa poitrine. Sans se l'accorder, elle a une forte envie de sucer son pouce. Elle se rabat sur le bord de sa veste qu'elle mâchonne compulsivement. Elle se fait alors une promesse qui annule et remplace celle qu'elle s'était faite enfant. Jamais, jamais plus, plus jamais !

# La fin n'est pas la fin

**B**ernadette, veuve de 72 ans vient de laisser partir Georges après une longue agonie. Mâchoire et dents serrées comme une digue elle est droite et digne, enfermée dans la conformité, le devoir, un corps classique. Son rôle lisse, paravent des émotions, ne laisse rien transparaitre. La maladie de Georges l'a cloitrée un demi-siècle dans la prison dorée de son appartement bourgeois. Par devoir, sans défaillir, refusant l'aide de tous, elle a tenu son rôle de façon exemplaire. Dévitalisée, épuisée, elle règne désormais seule sur son univers restreint. Depuis sa plus tendre enfance, son terrain de jeux s'étend de la place des Jacobins à la place des Terreaux, s'autorisant, tout au plus, occasionnellement et clandestinement, quelques incartades sur les pentes de la croix rousse. Ses activités à la mairie et son ordinateur constituent ses seuls liens avec l'extérieur. Après plusieurs demandes, Jules, son fils unique, l'a initié de mauvaise grâce à l'informatique. Il fallait qu'elle comprenne vite et bien. Même si elle a eu du fil à retordre, elle se débrouille dans les fonctions basiques et se garde bien de lui demander quoi que ce soit. Elle a renoncé depuis longtemps au lien filial au profit de l'assistance en ligne et aux virées régulières chez son revendeur préféré. Derrière sont comptoir, il est toujours disposé à l'aider, avec sourire et amabilité. Ni il ne souffle, ni il ne lève les yeux au ciel. Elle croirait presque qu'il apprécie sa présence. Elle aime bien le petit vendeur blond au teint pâle. Face à lui elle joue la midinete écervelée qui ne sait pas, elle ose poser des questions bêtes. Son nouvel engin, comme elle dit, lui a permis de se sevrer, non sans mal, de trente ans de lecture quotidienne et ennuyeuse du journal local. Pianoter et zapper sur le net révèle des pépites insoupçonnées, peu importe que cela lui donne plus de fil à retordre. En quelques mois, elle a plus appris d'internet que pendant toutes ces années.

Quotidiennement, Bernadette se rend pour une raison ou une autre à la mairie. Elle est de toutes les actions, de tous les projets, elle ne lâche sur rien ; connue comme le loup blanc par Gérard Colomb, son Maire adoré, elle butine et mutine. Vêtue de noir dès l'âge de 20 ans, elle ne porte pas plus le deuil aujourd'hui qu'hier. Elle s'épargne désormais tout au plus la coquetterie du foulard de couleur.

Contre toute attente, à la stupéfaction de tous, elle s'est rapidement relevée du veuvage. Piquée au vif par la curiosité, du jour au lendemain, elle est sortie de la mélancolie. La conviction d'avoir fait son devoir jusqu'au bout, de ne pas avoir défailli lui ont donné la légitimité de passer à autre chose. Sans y aller par quatre chemins, elle décide simplement de changer de vie. Les extérieurs de Lyon et plus particulièrement les quartiers populaires l'ont toujours attirée. Elle n'en a jamais eu le droit. Ça ne se faisait pas, ce n'était pas de son rang. Pourtant ça fait trop longtemps qu'elle étouffe dans sa robe trop droite, la même à quelque chose près depuis 40 ans. Elle a peur de mourir, de manquer ; non plus de nourriture et d'argent mais bien de temps. Elle sait qu'elle doit rester discrète si elle ne veut pas craindre qu'ils l'enferment. Lucide et objective, elle est également consciente de son conditionnement, par convention, appartenance, quoi qu'elle en dise, quoi qu'il lui en coute, elle s'oblige donc à ne pas trop les bousculer. C'est le jugement de Jules, son fils unique qu'elle redoute par dessus tout. Par souci d'équilibre, elle maintient les rituels du passé, tente de paraître la même, essaie de feindre la tristesse. Elle s'interdit d'envoyer valser sa grande robe austère tout en prenant plaisir à l'imaginer se consumer et tournoyer dans un feu de la saint Jean. Elle cadre ses nouvelles activités sur les heures de la sieste, là où par le passé elle était invisible.

Google Map, Mappy, Via Michelin, les plans interactifs des villes n'ont plus de secret. Elle circonscrit puis dissèque minutieusement les quartiers chauds des villes de banlieues de proximités. Chaque après-midi, en catimini, elle passe à la partie pratique en mode attaque. Elle prend le bus pour Les zones les plus chaudes des Buers de Villeurbanne, la ZUS de Parilly à Bron, le Mas du Taureau à Vaulx en Velin, les Minguettes à Vénissieux, le quartier de la Duchère dans le 9ème arrondissement de Lyon. En cachette, elle se rend au terminal de Perrache. Elle n'avait pas imaginé rencontrer des familles de migrants. Ils la font ralentir. Sous les escalators, le linge pend aux cordes à linge entre deux tentes Quechua. Les couches en tissu flottent au vent, les mêmes que portaient Jules, il y a maintenant presque 50 ans. Un groupe d'hommes palabrent gaiement ; deux femmes, enfant au sein, rient sous cape. Ils ne mendient pas, la voient, sans la regarder. L'odeur de vie freine son pas, elle vacille presque. Armée de son collier de perles,

## La fin n'est pas la fin

de son immuable petite robe noire, de son Kelly en croco, de son panier d'osier, elle s'extirpe et poursuit son chemin. Elle arpente, rues et ruelles. Plus le bus est bondé, plus les tours sont hautes et la population bigarrée, plus elle jubile. Dans le bus pour Vénissieux, elle rencontre souvent Marie-Thérèse, grande femme bien enrobée au teint noir qui transpire et sent la cuisine, elle rentre du travail les mains chargées de sacs plastiques. Marie-Thérèse s'inquiète pour Bernadette, la met en garde et lui renvoie son imprudence à trainer dans des quartiers qui ne sont pas de son rang. Bernadette n'en a cure, elle ne se sent pas en danger. Pourtant, elle aime bien que quelqu'un s'inquiète pour elle. D'ailleurs, elle reviendrait presque chaque jour uniquement pour ça. Si elle pouvait, elle s'affublerait de joyaux précieux, se transformerait en sapin de noël pour que Marie-Thérèse s'inquiète. Elle ne le fera pas, simplement par respect pour cette femme qu'elle admire et envie malgré elle.

Elle discute, échange sur les bancs publics et va même jusqu'à partager son déjeuner sorti du sac aux arrêts de bus. Elle se fait une famille. Une vraie avec des liens affectifs souples et élastiques. Sa découverte du monde l'enchante. Le veuvage lui fait mordre la vie par les deux bouts. Elle n'a peur de rien, le choix de son emploi du temps et son aisance financière lui donne des ailes. Elle s'encanaille et ne voit aucun mal à rendre service ponctuellement à des jeunes. N'allez pas croire qu'elle est dupe, elle sait ce qu'elle fait. Etre gardienne, dépositaire, investie d'une mission, flirter avec l'illicite l'amuse. Son jeu devient rapidement quotidien et ses lieux de rendez-vous fixes. Le rituel s'accompagne de la confection bi-hebdomadaire de « space cake » qui la rende célèbre. En quelques semaines elle devient Mamie Bernadette. La demande est supérieure à l'offre, ils se vendent mieux que les cup-cake. Deux fois par semaine, tôt le matin, le robot malaxe, le four chauffe. De ses mains tremblantes, elle remplie les moules individuels avec amour, le sourire aux lèvres. Elle retrouve le plaisir de faire et surtout la fierté associée. Ça sent bon la pâtisserie, son enfance. Elle emballe sa production dans de beaux torchons double fil brodés aux initiales de son couple. « Encore une fournée qu'il n'aura pas » !

En fait, je ne sais pas qui est ma mère. Elle a toujours été inaccessible. Pour l'aborder, il fallait passer par mon père, c'était le filtre à la relation mère/fils. Au décès de mon père je me suis aperçu qu'il la mutilait, la niait et la manipulait comme un objet. Il parlait tellement qu'il était dans la « déparole ». Ses mots sur tout et tout le temps perdaient leur signification, la rendaient muette. Elle s'est laissée emmurée vivante. A son époque, c'était les patrimoines plus que les humains qui s'épousaient. En femme docile et bien élevée, elle s'était accommodée. Avec le décès, elle est sortie de la « maritolatrie » elle s'est métamorphosée. Le veuvage a dévoilé des bénéfices secondaires insoupçonnés. De sérieuse comme une tâche sur une radio pulmonaire elle est devenue vivante, presque drôle. Elle gagne en audace, même son langage n'est plus le même. D'ankylosée dans son corps et dans sa tête, elle est devenue souple comme je ne l'ai jamais connue. Elle reste toutefois imprévisible, passe sans préambule de la rigidité du passé à la souplesse.

Je ne sais pas ce qu'elle fait de ses journées. Elle n'est jamais disponible et il faut prendre rendez-vous pour la trouver. Son agenda de ministre me laisse peu de place. Je suppose qu'elle a retrouvé du sens à ses engagements municipaux et qu'elle retrouve du plaisir aux cotés de ses collègues de la mairie. Je n'en connais aucun, c'est une taiseuse. Elle semble heureuse. Je suis sincèrement content pour elle même si je suis un peu dépité de l'intérêt et du temps qu'elle donne à l'extérieur de la famille. On n'est pas habitué. En si peu de temps, la femme qu'elle est devenue ressemble tellement peu à ma mère que je m'y perds. Je ne sais pas quoi penser.

Alors quand vous me demandez si ma mère a changé ses derniers temps. Si j'ai remarqué quelque chose. Je ne peux répondre que par la positive. Effectivement, elle a changé. Jules ne voit vraiment pas où veut en venir le commissaire de la brigade des stupéfiants. Il reste bouche bée quand il apprend qu'elle a été interpellée aux Buers de Villeurbanne hier par les « stup » en flagrant délit de deal de cocaïne avec des adolescents. Il sent le fou rire monter. Ce n'est pas l'envie qui lui manque mais le sérieux du lieu, le respect de l'uniforme, l'en empêchent. La suspecte sera présentée en fin de semaine à un juge d'instruction et éventuellement placée en détention provisoire. Jules croit rêver, il doit y avoir une erreur, un homonyme. Passé la surprise, il ne peut s'empêcher de penser que sa mère est une sacrée bonne femme; Osera-t-il en prendre de la graine ? Rapidement rappelé à l'ordre par les questions du commissaire il abandonne avec regret ses tribulations intérieures. L'aspect concret de la situation le ramène sur le plancher des vaches. Il se promet néanmoins d'aborder certaines questions essentielles qu'il a trop longtemps négligées.

## Arrêt sur image

Solitaire et abandonné, Adrien, glisse progressivement vers le profil du business man. Suzon, sa femme, dépitée, observe et constate. Les fusions acquisitions, les projets de développement professionnel, gonflent son égo, aspirent sa libido mieux qu'un aspirateur. Suzon est sur le carreau, échouée. Le couple perd de sa superbe et les plonge, dans le silence et l'isolement. La suite est aussi prévisible que pour des grenouilles farinées. Pourtant, ni ils ne souffrent ni ils ne sont malheureux ; ils n'en ont même pas le temps. La propension de Suzon à se contenter des miettes n'a jamais été très développée. Cette fois, impuissante, elle constate avec regret, le plein d'une vie trop remplie qui perd progressivement le cap. Elle regrette amèrement le temps des frivolités ; ils ont toujours mieux à faire que de ne rien faire. Elle navigue entre la nostalgie du passé, l'utopie du futur et l'insaisissable du présent. Comme de l'eau, le présent glisse entre ses mains sans qu'elle parvienne à le retenir ni même le sentir. Chacun a sa place sur le banc des accusés. Individuellement et collectivement, ils détestent ce qu'ils sont devenus. De rares fois, ils se demandent comment continuer à vivre avec ça, ils en viennent même à se demander si s'en accommoder est souhaitable. L'introspection est fugace et laisse rapidement place au «il faut bien que», «on ne peut pas faire autrement», «on doit»… Croyances et certitudes les sauvent. Pourtant, ils sentent bien qu'ils changent, pour ne pas dire qu'ils vieillissent. Ils n'ont plus de cap commun, ils cherchent le sens. Elle voudrait que la retraite ne les expulse pas trop usés, mâchés, mutilés. Il plaide les prolongations, elle vise la sortie, il s'identifie à sa tache, elle s'en détache. Il paierait cher pour une «re-sucette» professionnelle, elle ferait tout et n'importe quoi pour stopper la machine, descendre en marche. Il aspire au pouvoir, à une fin de carrière prestigieuse, elle demande juste un peu de calme, de rien, de vide. Mauvaise synchronisation, rythmes incompatibles, erreur d'aiguillage ? Sur l'autoroute, plein pot, file de gauche, il passe à coté de tout. En secret, elle rêve d'emprunter la nationale, les cheveux au vent. Elle se voit traverser les vies et les bonheurs simples. Il essaie de rattraper le temps, de le retenir, ne pas vieillir ; elle voudrait que ça passe vite. Tout ça ne dérange qu'elle, elle s'épuise toute.

Pour contrer les regrets, à bout de souffle, dans un sursaut d'énergie vital, elle se résigne à initier le tournant. Un regain de fierté lui rend le souffle que l'angoisse avait bloqué. Elle s'acharne, essaye sans relâche. Elle prend le risque d'échouer de ne pas parvenir au but. Elle sait qu'il faudra plus d'un jet et certainement jouer les prolongations, voire les tires au but. Inutile d'attendre la compréhension de l'autre et encore moins son aval. Ce serait d'ailleurs injuste de lui demander d'être plus que ce qu'il est. Visiblement il n'est pas formaté comme elle le souhaiterait. Le regard d'Adrien, droit devant, lui confère une tenue de route prévisible et sans aire de repos. Dommage.

*Arrêt sur image*

Pas vraiment seule, Suzon se sent pourtant abandonnée et délaissée. En surface, tout va bien dans le meilleur des mondes. Régulièrement, au moins une fois par jour, elle ravale sa plainte de «femme rompue» qu'elle juge malvenue. La distance se creuse. Elle sait que ce n'est qu'une question de temps. Un jour, une jeune et jolie abeille bien proportionnée ou un jeune et joli bourdon, s'inviteront dans le paysage. Depuis quelque temps elle multiplie les passages chez le médecin et les spécialistes en tout genre. Le corps se grippe, les articulations coincent, le ventre gargouille. La fracture de lassitude ne va pas tarder, elle est prévisible. Le calcium, la vitamine D, l'alcool n'y pourront bientôt plus rien ! Doit-elle, peut-elle laisser faire ?

Lucide et froide elle est.

Indépendante et solitaire elle devient.

Laide elle se sent.

L'humour grince.

Le corps coince.

La peau démange.

L'haleine est amère.

Elle expire un air aigre.

Elle s'insupporte.

Le quotidien la plombe et l'enferme.

Otage de certitudes, notamment celles d'être persuadée de ne pouvoir faire autrement, l'étouffe.

Le sommeil, fuyant et agité de cauchemars, la rend au jour épuisée.

Elle crie, lutte contre les vagues, tente de résister à l'appel du fond.

Le monde reste sourd.

Le costume de Suzon, celui de femme forte qui a tout pour être heureuse lui colle à la peau.

Passé la phase d'abattement et de colère, avec l'espoir de la dernière chance, elle essaie d'impulser un énième nouveau cap. N'importe lequel, elle n'a plus la force de choisir et se satisfait de celui qui s'impose à elle. Le courage est son unique compagnon. Elle voudrait s'envoler. Pourtant, dans la banalité du quotidien, entre la poire et le fromage, pas facile de sortir de l'ornière, d'échapper, d'annoncer la couleur. La rêverie d'une possible autre vie s'invite avec difficulté. La critique prévisible et le regard des autres freinent : Elle entend déjà par anticipation : - du vide pour faire du plein, quelle connerie ! Elle pressent aussi la réponse toute faite d'Adrien : « Tout ça, c'est des paroles, de la théorie, de la masturbation intellectuelle. T'as tout pour être heureuse, alors de quoi tu te plains » ? Qu'est-ce que tu veux de plus ? Le plus démoralisant serait qu'Adrien ferme la tentative en tendant généreusement sa carte bleue toute puissante.

Sans préméditation ni crier gare, ici et maintenant, sans une once d'hésitation, d'un coup d'un seul, elle mise tout sur le rouge. Dans un dernier souffle, Elle opte pour la caricature, le trop, joue le tout pour le tout. Destination changement : parenthèse d'un court instant hors du temps, elle imagine tisse et construit son projet. Elle doit parvenir à le prendre en otage, le capturer. C'est impératif. Une cellule sans mur, une cage sans porte, un cloître, une retraite, un bateau, une île déserte, un phare. Peu importe, tout fera l'affaire pourvu qu'il sorte de ses habitudes. Sans se justifier, elle pose l'ultimatum, à prendre ou à laisser. Le grand nord. Pourquoi le grand nord ? Pourquoi pas ? Au regard de son coté frileux et du fonctionnement tout relatif de son thermostat personnel, le choix n'aurait pas pu être pire. Elle en a vu d'autres, ça ne la fera pas mourir et ça ne peut pas être plus inconfortable que la situation actuelle. Elle a choisit, avec ou sans lui, on ne peut sauver que ceux qui veulent se laisser sauver. Voudra-t-il, pourra-t-il ? Peut importe, elle fait, avec la force de la conviction qui éloigne les regrets de ne pas avoir essayé. Il paraît que plus c'est gros, mieux c'est. Tous les espoirs sur le rouge, elle retient son souffle et lance les dès. Destination Le Svalbard, dans un mois, loin des plages de sable fin, des stéréotypes, des physiques apprêtés et avantageux. Les billets sont pris, sans assurance annulation.

Le choix leur va comme un tablier à une vache : frileux, hyperactifs épuisés, une pratique du kayak rudimentaire. La seule chose qu'ils aient pour eux, c'est de ne pas être épileptique (contre indication annoncée par le voyagiste).

Contre toute attente, sans la moindre demande de pourquoi ni comment, le roi de la jungle coopère et se laisse capturer. Tout se passe comme s'il attendait que quelqu'un vienne le sauver. Le choc ne s'annonce pas que thermique. Otage volontaire du kayak, Adrien passe d'une activité bougonne à un relâchement choisi ! Métamorphose kafkaïenne ? Pourvu qu'il ne lui pousse pas une carapace ! Le silence, son silence vide d'argument, sans soif de convaincre imprime la mémoire de Suzon, la berce. Ne l'aurait-elle pas tout à fait perdu ? Celui qu'elle connaît et aime renait de ses cendres. Surtout qu'il se taise encore un peu. C'est tellement doux et reposant. Presque jouissif.

Chaque soir, par quart, et à tour de rôle, ils prennent avec sérieux la responsabilité du groupe. Se protéger et protéger les autres de l'ours polaire reste une expérience émouvante qui gonfle l'égo les régénèrent. La garde revêt des allures plus tribales que militaires. En pratique, l'appréhension des nuits solitaires laisse la place au plaisir simple de se suffire à soi même, au vide, au rien, à l'immensité. Face à l'ours, la solitude est une arme puissante. L'abime de l'isolement n'a rien d'effrayant, il appelle la sensation du vertige euphorisant et ressourçant.

Longtemps après la sortie de la tente, la chaleur diffuse et maintient les constantes corporelles de Suzon à température. Le passage sans transition de la chaleur du duvet au froid mordant, la rend éminemment vivante ; il lui donne force et détermination. L'équilibre fragile du moment lui confère sécurité et assurance.

Désormais, il y a un avant et un après. Elle pensait redouter les tours de garde et lutter contre la peur d'être seule. Elle découvre le fonctionnement libre et autonome, le plaisir de l'autosuffisance et du devoir accompli. Par peur, et dans l'espoir de recréer du lien, elle se voyait supplier des tours de garde en couple. Elle n'en a ni l'envie, ni le besoin. Elle ne s'est jamais sentie aussi libre. Attachée à l'autre mais libre de l'être. Chaque fin de journée, Suzon languit d'être seule avec le bruit de la nuit et des glaciers sans même un livre pour se distraire. Elle espère et attend la solitude et le vide. Elle en trépigne d'impatience. Même quand elle ne débute pas la garde, le réveil est superflu, elle guette son tour, attend que la personne qui la précède l'appelle. Tel un ressort, elle s'expulse du confort du matelas gonflant, colle un baiser sur le front d'Adrien et s'extirpe de la présence de l'autre, le sourire aux lèvres. Elle a un rendez-vous. L'instant volé au repos de la nuit est précieux. Elle ne le partagerait pour rien au monde et elle a bien l'intention de le garder pour elle seule. Maintenant, elle sait que les paroles sans contenu de l'autre l'encombrent. Elle qui rêvait qu'il parle espère maintenant plus que tout qu'il se taise. Elle aspire à se brancher sur ses propres ressources.

Venue dans l'espoir de retrouver l'autre à qui elle attribuait toute la responsabilité de ses malheurs, elle s'est trouvée elle même. Trouvaille inattendue. Elle tremble, non pas de froid mais de peur qu'il ne se mette en perfusion, la ponctionne ou revienne à ses vieilles habitudes. Elle sait qu'elle ne le supportera plus.

Protégée du froid et des autres, elle est incroyablement bien. Comme elle ne l'avait pas été depuis longtemps. Les hôtels luxueux qu'elle côtoyait ces dernières années n'ont rien pu pour elle ; ils ne sont jamais parvenus à régler son thermostat intérieur ; le froid polaire si. La nuit est claire, l'horizon dégagé, sans entrave. Aucun bruit, si ce n'est ponctuellement quelques craquements. Peut-être, par moment, des bruits d'animaux curieux en quête de nourriture. Le silence est aussi froid et lisse que du métal dans la bouche. Une sécurité intérieure s'imprime en elle alors que sa seule arme de défense se résume au sifflet d'alarme accroché à son cou. Dans l'insécurité relative du moment, le plein de sécurité intérieur s'invite et s'installe. La peur s'éloigne, devient imperceptible et indolore. Pourtant, dans le réel, fasse à l'ours, elle sait qu'elle ne ferait pas le poids. Elle s'accroche à la bonne étoile. qui veille sur elle. Elle sait que si quelqu'un la protège il ne fait pas parti des vivants. Inutile d'attendre de ce coté ci. Ses nuits hachées et entrecoupées sont les plus réparatrices qu'elle n'ait jamais connues. Colorées et calmes, elles révèlent le parfum de l'essentiel, de la satisfaction et de l'amour de soi. Le mode qui attend moins de l'autre s'enclenche. L'indisponibilité, l'absence, le manque sont moins douloureux. Depuis leur retour, l'inscription « Tout est possible » en lettres majuscules et de travers trône majestueusement sur le mur de sa cuisine.

## La femme chrono

Incarcérée, littéralement hypnotisée par la pendule métal-lique à chiffres romains du couloir, Jeanne passe et repasse sa vie au peigne fin. Incrédule, sa boite à raison tourne en boucle. Elle étouffe, suffoque et ventile difficilement. Elle consulte compulsivement la montre à gousset de son gilet bleu. Comment, celle qui a toujours tout anticipé, planifié, organisé, quantifié, peut-elle se retrouver là ? Tous les indicateurs de la crise d'angoisse, si ce ne sont les signes précurseurs de l'accident cardiaque sont au rouge. Le film de sa vie défile en accéléré sous l'écran de ses paupières. Elle se voit, à chaque âge de sa vie : disciplinée, tant dans ses comportements que dans son allure. Ainsi, l'image de la parfaite collégienne en petite robe vichy fait place à la lycéenne au col Claudine et à la jupe droite de laine grise, puis à celle de l'étudiante diplômée en toque et toge. Tout est parfaitement daté, maitrisé classé. Pas une seule mèche ne dépasse, la raie bien au milieu, les cheveux derrière les oreilles. Chaque époque montre les oreilles bien décollées, le cou tendu. Il faut dire que dans la famille, depuis trois générations, la fidélité au coiffeur se transmet de père en fille. Chez eux, rien n'est laissé au hasard, les rôles sont distribués, planifiés et chronométrés. Ici, on mange en comptant les calories comme du carburant, court pour entretenir sa musculature et sa santé, s'acquitte des civilités par devoir, porte attention aux autres, pour avoir la paix.

De fil en aiguille, recroquevillée sur son banc, Jeanne focalise puis s'arrête et zoome sur la pendule, objet, s'il en est un, familier et emblématique. Comme aimantée, toute son attention se mobilise, se synchronise sur l'objet de métal. Elle succombe, la bobine de fil se dévide, sans effort, naturellement. Depuis son plus jeune âge, le temps lui est compté, mesuré. Erigé en objet précieux, il doit être économisé et adulé comme si l'on devait mourir demain. Naturellement, le sablier vert amande de son enfance devient le compagnon fidèle de tous ses mouvements, dans le cadre scolaire, familiale et de loisirs. Ainsi chaque jeu de société perd de sa légèreté au profit des minutes qui s'égrainent, de la prégnance du temps qui passe. Le temps est progressivement promu en meilleur ami et fidèle ennemi qui l'accompagne sans relâche, jours et nuits, dans chaque pièce, 365 jours par an.

Chaque matin, s'égraine et s'écoule au rythme du chronomètre. Le rythme des secondes de la pendule ronde de métal argenté structure et clos la maisonnée sur elle même. Quotidiennement, à chaque heure de la journée, Jeanne joue la montre : Quinze généreuses minutes pour le petit déjeuner -Il paraît que c'est le repas le plus important-. Cinq minutes chrono, pas une de plus, ni de moins, pour la préparation, dont trois, pour griller 4 tranches de pain et faire couler l'expresso. Deux minutes pleines et entières pour la garniture des tartines, tirées d'un pain de seigle prétranché -Le goût et la fraîcheur du pain ont été sacrifiés au profit du gabarit de la trancheuse électrique- force est de constater que la praticité a pris le pas sur le plaisir. Le compas dans l'œil, elle découpe chaque tranche de 20 grammes en quatre portions identiques. Tartiner, est un acte de haute précision, entre le ni trop, ni trop peu. La couche de beurre se fait discrète, absorbée par le pain chaud qui accueille en week-end le supplément d'une couche généreuse de miel. Tout est question de dosage et d'équilibre. Point trop s'en faut au risque de couler sur la table ou pire encore, dans le café noir et intense qui se déguste, en amateur, forcément sans sucre. Jeanne a-t-elle vraiment le choix ? Elle se doit, par loyauté, d'être fidèle et d'agir en connaisseuse jusque dans les moindres interstices. La loyauté au clan s'infiltre dans le moindre détail. La dégustation occupe les cinq minutes suivantes puis vient la préparation du corps.

Ainsi, Jeanne enchaine, dix cycles respiratoires amples et forcés et 30 secondes de conditionnement positif, du type méthode Coué : où elle répète à voix haute, « la journée va être bonne ». Elle s'astreint à ânonner la rengaine, comme un mantra dans un sourire niais parce qu'elle a entendu dire que le simple fait de sourire déclenchait la bonne humeur.

Le temps de la dégustation est solennel. L'ingestion est contenue et différée. Les aliments, d'abord savourés par les yeux, sont portés à la bouche dans un second temps. Ils sont mastiqués longuement et ingérés lentement. Les seize bouchées sont intercalées de quinze pauses de même valeur. Le rythme est régulier, immuable. Puis, toute trace d'activité humaine est méthodiquement et rapidement effacée de la table et du plan de travail. Retour à la cuisine d'une maison témoin, la même qu'il y a quinze ans.

Le temps imparti est écoulé. Au temps compté, succède celui, non moins compté de l'hygiène : cinq minutes chrono, auxquelles suivent cinq autres pour l'habillement et cinq supplémentaires pour la préparation de la précieuse lunch box en polypropylène compartimenté.

Un package additionnel de cinq minutes est dévolu à la fermeture du sac poubelle et son évacuation, le verrouillage des trois points de la porte d'entrée, la descente des 4 étages, le détour par le local poubelle, légèrement en retrait dans le renfoncement à l'angle droit de la cour intérieure, l'ouverture des deux portes palières pour enfin se trouver à l'air libre sur le trottoir. Jeanne respire une nouvelle fois à pleins poumons, chassant son fidèle passager clandestin, le lapin coryphée d'Alice, au pays des merveilles. Pas de répit pour les braves. La trêve est de très courte durée, le chronomètre ne s'arrête jamais : 7minutes 30 secondes pour rejoindre son lieu de travail.

Le trajet ne supporte ni fantaisie, ni contretemps. Le pas est calibré et empressé ; chaque mètre, de chaque rue, est compté et comptabilisé pour arriver en 7minutes et 30 secondes. Un travail d'orfèvre. Jeanne introduit son badge dans la pointeuse, immuablement, en moyenne 20 jours par mois, à 7h57 précise. Son défi quotidien se niche en secret, au creux de la précision de ce chiffre. Obnubilée, en laquais du temps qui passe, le seul et unique but de sa vie semble d'être à l'heure au travail. Pourquoi 57 ? Même pas un chiffre fétiche de grille de loto ou de maillot d'un quelconque joueur de foot. Tout se joue comme si sa fonction voulait qu'elle arrive légèrement avant les autres afin d'introniser le service. Le 57 est imprimé, tatoué au plus profond du derme ; conditionnement invisible au yeux des autres mais tellement profond.

Sa journée est ainsi découpée, saucissonnée sans ménagement ni exception jusqu'au soir. L'emprise des chiffres s'invite jusque dans la chambre à coucher. Les bâtons rouge vifs des chiffres du radio réveil se reflètent au plafond et agressent la rétine. Ils ponctuent le sommeil sans laisser ni espace ni chance d'exister à une éventuelle rêverie clandestine. Dans cette vie de secondes et sans air, oppressée et pressée par le temps, tel une automate dans un monde utilitaire et fonctionnel Jeanne reste dans sa bulle, enfermée, cadenassée. Elle conclut tristement que nul autre ne peut prétendre être aussi responsable qu'elle mais aussi, qu'elle manque sérieusement de caractère, se laisse souvent déborder, abuser, mener par le bout du nez. Elle se dit que les circonstances sont manifestement favorables pour résoudre l'énigme du 57. L'inconscience qu'elle avait de sa situation, maintenant qu'elle est subie est devenue insoutenable. Elle a l'impression de quitter son costume de lapin bleu et d'endosser douloureusement celui de dindon de la farce.

Mais pourquoi elle tourne cette putain d'horloge.

En garde à vue, derrière les barreaux, accusée de non assistance à personne en danger, l'idée de la double peine diffuse. Elle en veut à la terre entière, elle s'en veut ; elle a la pleine conscience que le monde lui fait vivre une réalité qui n'est pas la sienne, qu'elle n'a pas choisi, du moins consciemment. Elle n'a pas pu, pas voulu, pas vu le viol en bande organisée se dérouler sous ses yeux dans le local poubelle entre 7h25 et 7h35 le 5 mars 2016 au 52 cours du Docteur Long. Pourtant la voisine du 5ème est formelle, elle a entendu à 7H28, comme chaque matin, la porte de Jeanne claquer, les verrous se fermer, ses talons attaquer les marches d'un cliquetis rythmé.

## La rivière des autres

**S**ix heures de route dans les pattes, Blandine, claquée et fourbue, ferme la porte de son véhicule de location. Elle a son compte pour aujourd'hui. « ça, c'est fait » !

Anesthésiée, elle pénètre, dans l'allée de gravier qui enclave la maison familiale. Au son des cailloux, sous ses pas, elle s'éveille, les images remontent. Le retour à la vie, lente rééducation annuelle longuement attendue. Chaque année la saison débute par une multitude de choses à faire longuement différées. Onze mois durant, elle compile dans son réservoir intime les idées ; les beaux jours venus, elle les libère. Blandine fait partie de celle pour qui rien n'est trop beau pour les autres et toujours trop pour elle-même. A peine arrivée, le rituel des ballets « balais »commence. Elle fait le tour du propriétaire, constate l'évolution de la nature, évalue, planifie les taches à effectuer. Mais aussi et surtout, elle respire les odeurs, telle la feuille de thé au contact de l'eau chaude, elle se défroisse, s'ouvre progressivement. Au contact de la terre, à chaque pas, la petite fille qui est en elle, ressuscite.

De l'extérieur, en un demi siècle, rien n'a bougé. La maison du grand-père, type maison de notaire, ce qu'il était d'ailleurs, est à la fois carrée, robuste et alambiquée. Les encadrements de portes et de fenêtres en pierre sont aussi proprets qu'avant. Pas une once de lierre ne dénature la façade. Volets fermés on dirait qu'elle dort. Le jardin est à l'image du grand père, tordu et secret. Il n'appartient pas à ceux qui se laissent voir et se laisse faire, il faut de la persévérance pour la découvrir. Avec un peu de volonté, au delà de la pelouse grillée, on découvre, cachés, par ci par là, un parterre de tulipes rouges, l'arbre si particulier qu'il l'appelait le désespoir des singes, le magnolia aux branches basses ainsi que toutes sortes de pins odorants. Si l'on pousse encore un peu et que l'on passe la barrière de roseaux, c'est le sous bois frais à la mousse abondante et aux arbres dégarnis à la base qui s'imposent ; ils délimitent les abords du rigodon, souvent réduit à la saison sèche à un fin filet d'eau. Blandine se remémore les heures passées à crapotons à observer l'eau qui se fraie un chemin entre les pierres. Les feuilles légères charriées par le courant qui lui faisaient créer ses histoires de croisières, ses naufrages, ses Titanics. La frayeur de la laie et ses petits qui viennent s'abreuver. Elle l'avait surprise contemplative, accroupie au bord de l'eau. Elle s'était enfuie en hurlant, la peur au ventre. Avec le recul elle regrette encore de ne pas avoir profité du spectacle et observé les menus détails. Elle a encore une fois trop cru en la parole des autres et pas assez en sa conviction son ressenti ; la peur des adultes qui n'était pas la sienne a guidé ses pas. Il paraît qu'une laie avec ses petits, c'est dangereux.

De retour vers la maison elle est saisie par la fééerie déstructurée du jardin qui s'oppose à l'ordre établi de la bâtisse. Le lieu est une parfaite métaphore de ses grands parents, de leur vie mais aussi de la sienne. Lui dehors, elle dedans, lui l'original, elle la gardienne du temple. Elle se rappelle qu'il l'appelait la féérie des eaux. L'énigme reste intacte : la grand mère, avec son physique robuste, n'avait pourtant rien d'une fée, à moins que les eaux soient ses fréquentes larmes qui coulaient dès qu'on la contrariait.

Comme on entre sur scène, elle ouvre toujours la porte d'entrée avec beaucoup d'émotion et après avoir fait un grand tour du jardin, le tour du propriétaire. Les préliminaires. Les fins filets de lumières révèlent au sol de la poudre d'ange en lignes parallèles. C'est un beau capharnaüm. Chaque année, en début de saison, l'ampleur du travail à effectuer, l'odeur de renfermée et la poussière lui scient les bras. Elle sait qu'elle n'a que quelques jours avant le débarquement, l'invasion. Elle attendra demain pour s'activer, sortir les salons de jardin entassés et donner à la maison forme humaine. Elle commence toujours par l'extérieur, elle s'attaque avec méthode à la pelouse, aux massifs, aux arbustes. Après deux ou trois jours de jardinage, elle s'équipe de gants ménagés, javelise chaque recoins sur les trois étages. Une vraie fée du logis. Chaque chambre est préparée et fleurie avec soin. Dans ces moments là, mais seulement dans ces moments, elle se sent seule et regrette de ne pas avoir un homme à ses cotés. Elle paie au prix fort son indépendance et sa liberté. A vouloir que tout soit parfait, souvent elle s'épuise. Pour son plus grand malheur, ses références sont les photos de magasines. Comme dans maison et jardin, la table sous le tilleul doit être nappée de blanc avec en son centre un bouquet de roses anciennes qui baisse légèrement la tête, Les lits bordés de parures coordonnées et d'oreillers douillets comme dans art & décoration ou maison & travaux. La cuisine regorge de victuailles tout en reflétant l'équilibre, la nourriture saine et de saison, à l'image des visuels de cuisine actuelle ou Vital food. L'année durant, elle compile les images des sites et magasines. Dès leur arrivée, tous, lui suggère de se ménager, de faire moins et moins bien. Elle ne peut y concéder. Elle espère que malgré tout, ils apprécient. Elle ne sait pas aimer autrement. Toute l'année en apnée, elle diffère le plaisir de déverser massivement et à l'excès son amour. Sa perfection frise le coté inhumain. Comme les metteurs en scène à trop forte notoriété de Cannes, elle est hors compétition, elle les surpasse tous. Au fil du temps, elle s'isole, s'enferme dans ses secrets, dans son trop, sa perfection et ses exigences. Même ses enfants ne savent rien d'elle. Depuis la mort de leur père, elle est devenue secrète. Elle ne livre plus rien. La parole indiscipline a laissé la place aux actes.

Pour rien au monde elle ne laisserait sa place. Elle aime les efforts qu'il lui en coûte. Au retour du marché, chargée comme une mule, elle éprouve un plaisir un tantinet masochiste quand les regards se posent sur sa cargaison révélatrice d'une famille nombreuse. Si elle ne se retenait pas elle dirait bien qu'ils sont tous à elle et rien qu'à elle maintenant qu'elle est veuve. D'un bras, elle tire avec une fierté non feinte, la charrette en tissu écossais, souvent juchée d'une cagette de fruits, de l'autre elle porte le gros panier d'osier auquel sont attachés quelques sacs plastiques. Il faut dire qu'elle met un point d'honneur à remplir les étagères

de bocaux de fruits et légumes. Elle stérilise, déshydrate, re-
couvre d'huile et d'herbes les légumes, fait des « macéras »
de fleurs. L'abondance lui fait oublier que la maison ne vit
qu'en été. Deux mois par an, deux petits mois, la grand-mère
ressuscite, elle prend sa place, joue son rôle et rivalise avec
elle-même. Il lui semble qu'enfin elle vit une vie pleine de
sens, de don de soi qui vaut le cout d'être vécue. Loin d'elle
l'idée d'impressionner, elle ne sait pas faire autrement et tout
le monde joue le jeu. Elle se met à leur service, elle est là pour
eux. Elle écoute, console, cajole, répare en silence. Pour le
plus grand bonheur de tous, dès l'aube, elle prend son rôle à
cœur. Levée la première, elle enfourne le pain et les brioches
qu'elle a fait lever la veille. Les petits se réveillent à l'odeur
du pain chaud. Ils chuchotent ; c'est bien le seul moment de
la journée où la maison fonctionne à bas bruit. Plus tard, c'est
à qui mieux mieux, le flot de paroles des uns chevauche celui
des autres. Dans le brouhaha elle se sent souvent débordée et
l'impression de n'avoir que la surface des choses la met mal
à l'aise. C'est pourquoi elle prend tant de plaisir le matin,
seule avec les petits, alors que les adultes farnientent au lit.
Leurs récits et leurs histoires d'enfants la comblent. Elle se
reconnecte avec la vie, son monde de l'enfance, celui qu'elle
ne se résigne pas à quitter. Elle aime par dessus tout sentir
l'odeur de leur peau, les prendre tour à tour sur ses genoux.
Alors qu'ils dévorent les petits pains, elle se nourrit de leur
énergie. Elle est aux anges. Bien sur, il y a quelques chamail-
leries, quelques taquineries, elle n'en tire pas ombrage, sé-
pare les protagonistes et sans y porter plus d'attention que
nécessaire, tout rentre dans l'ordre. Après sa récréation, en

milieu de matinée elle reprend sa vie d'adulte et son statut d'intendante. Pour eux, détournée d'elle même, elle s'affaire à la préparation des repas. Il n'y en a jamais assez, elle rattrape le temps perdu, celui où elle s'est perdue. Les enfants, neveux et nièces, oncles et tantes sont interdits en cuisine, elle n'a besoin de personne et ne partagerait pour rien au monde son prestige. Elle leur concède de mettre et débarrasser la table ainsi que le choix des vins et le service du café. Le rosé coule à flot, tout comme les conversations jusqu'à la fin de l'été.

**M**ort vivant, la nuit du 13 Novembre 2015 au Bataclan, Jean est abandonné. D'une pierre deux coups, il perd sa femme et sa fille. Le train part et lui claque la porte au nez. Seul sur le quai dans sa douleur, il ne sait plus où il va, s'arrête, parfaitement immobile. Il regarde médusé d'où il vient. Sa vie a peu de poids, il part en montagne lui en donner encore moins et la perdre dans son cabanon d'alpage. Dans l'instant, il y sublime dans la mélancolie la vie de ses deux femmes. La violence de l'isolement, de la dématérialisation sont sa pénitence. Dans la rupture, il fait l'expérience ici et maintenant d'une forme de vie pour trois. Ainsi, il nourrit l'espoir de ne rien oublier, de figer les sentiments et les images. Le marquage au fer rouge est pour lui la moindre des choses. Grand et fort, la cinquantaine expérimenté, il vit à minima. Il assèche volontairement son corps, fait l'expérience de la faim, limite au maximum les apports de l'extérieur. Il puise au plus profond de lui des ressources qu'il ne savait même pas avoir. Son regard bleu presque blanc ne porte pas le moindre espoir d'être compris ni même une once de demande. Il est simplement là, dans le silence de la nature, accompagné du vent et du léger bourdonnement des abeilles qui sommeillent. Derrière sa mantille, il les dérange, leur parle mentalement et soustraite toute parole à l'aboiement du chien. Pourtant, il n'est pas totalement fermé à l'autre. Sans être en libre service, il reste accessible et détourne volontiers son attention au passage des randonneurs. En cette période de l'année, rien ne lui est épargné, même la saison lui est défavorable. Sa vie bien que simple et monacale n'en est pas moins cadrée et structurante. Son cabanon est aussi apaisant dans sa simplicité qu'une chambre de monastère. Sa petitesse témoigne de la volonté d'être seul et de laisser l'autre à distance. Il respire au rythme des flambées.

Faire des choix sans se retourner, renoncer, prendre une direction, ne lui pose pas de problème. La résistance est son existence, comme elle l'a été pour ses grands parents il n'y a pas si longtemps. Le sens s'impose à lui. Passé la phase pratique de mise en œuvre, il constate néanmoins que la vie se prête difficilement au jeu de l'observation. Le fonctionnement au ralenti et l'usage du microscope ne suffisent pas toujours à démêler les énigmes de ses sentiments. Plusieurs mois durant, jusqu'au printemps, la vie résiste et se dérobe dans l'apathie et le sommeil. Tout laisse penser à une dépression. Pourtant, Jean ne l'entend pas de cette oreille. Jour et nuit, il écoute le vent, son propre souffle. Il sent l'aspiration d'un train lancé à grande vitesse. Sans savoir pourquoi, il sait que son salut est dans le souffle. Alors qu'il fait le vide, qu'il flirte avec le rien, la pensée d'un vent puissant qui emporte par aspiration s'impose. Il n'a rien d'un Aladin sur son tapis, mais incarne plutôt le fœtus qu'on enlève à la vie par aspiration. Ainsi dans l'antre de son cabanon, il passe des heures à se laisser traverser par le rien. Puis, pour l'hygiène, il s'accorde un long temps de respiration au cours d'une marche lente et méditative. Les journées sont immuablement vides et rassurantes. Il sait que quand le souffle aura fait son travail, il reprendra sa route tel le phénix.

## La voix des corps

Il attend que l'encre devienne indélébile.

Il reconnaît pourtant ses faiblesses, il sait que ça ne durera pas, qu'il est un animal social formaté et conditionné. Il sait que le combat est perdu d'avance, qu'il n'en sortira pas vainqueur. Les falbalas et fioritures qui l'insupportent aujourd'hui reprendront un jour de leur superbe et de leur pouvoir attractif. L'insoumission à la technologie et à la société de consommation est loin d'être facile. Il ne peut y échapper. Il aura beau lutter, l'appel d'air que font les trains à leur passage l'entrainera dans d'autres voyages. A la fin du printemps, alors que le bétail va prochainement le déloger, il ne sait plus bien ce qu'est la peur, ce que veut dire « au cas ou ». Il se questionne sur son choix de vie. Il s'interroge enfin franchement sur ses pertes, sa recherche de vide, du noir. Il n'est plus tout à fait certain de distinguer la liberté du hors jeu. Plus certain du tout, de sa façon de porter le deuil. Les choix qui s'étaient imposés à lui et paraissaient libres s'éclairent sous un nouveau jour, se complexifient. Ils lui rendent l'existence plus lourde. Alors que physiquement il n'a jamais été aussi svelte et athlétique, il se sent lourd, lourd de son passé et pas suffisamment riche du présent de la situation. Entre deux mondes et en transit, il vole, parfois se perd, manque d'oxygène. Dans ces moments, il voit la mort de près, se demande constamment quand elle va le faucher, l'entraver. Puis, dans l'espace des nuits et du rêve, le calme le libère et reprend ses droits.

Debout, dès l'aube avec le vif sentiment de manquer de temps, il s'adonne au langage du corps. Des exercices rigoureux, des séances d'assouplissements, poussées et régulières, le raccrochent au monde. Il abandonne définitivement la parole, redescend dans le monde des corps transcendés de Pina Bausch, Caroline Carlson ou plus proche de lui, Marie-Agnès Gillot. Parmi les étoiles, ballotté par les vents froids, il inscrit sa présence à la surface de la terre, assouplit son corps, le modèle, tout comme il l'avait asséché l'hiver d'avant. Il élabore des mises en scènes contemporaines dont l'unique objectif est de faire vivre les femmes de sa vie. Il suspend le temps, comme si sans cesse quelque chose était sur le point d'advenir. Ses mises en scène minimalistes du noir et du rien, font bouger les corps des femmes, toutes les femmes, sur des musiques endiablées révélatrices de son histoire et de l'extrême tension créatrice qui l'habite. Pour alanguir le mouvement des danseurs, il imagine intégrer la porté de l'eau et son pouvoir de donner de la profondeur et de la lenteur.

Chaque hiver, dans le silence du cabanon, Aspiration et Inspiration renouvellent et alimentent ses chorégraphies. Son amour pour elles reste une rivière profonde sans pont ni barrage. Personne n'en connaît le fond. Il passe par des planches de croquis, précises et colorées, toujours 6 par feuille. Ses créations ne souffrent d'aucune frénésie. Seules les lignes droites ont leur place, pas de compromission ni de pas de côté ; pour le style il concède avec difficulté le retour arrière qui se doit rapide et franc. Besogneux, l'inspiration laisse souvent place à la transpiration. Maintes fois, il remet une planche au travail. Quotidiennement, il affronte la feuille blanche, les compile puis procède au filage avec le corps des danseurs qu'il recrute. Toujours les mêmes au physique androgyne en lame de couteau.

Ce n'est ni le hasard, ni Jean, qui créent ces chorégraphies, mais bien les femmes qui l'habitent. Ses vies intérieures font dirent de lui qu'il est investi. Il crée pour Elle, danse avec Elles. C'est sa folie, sa façon a lui de les garder de les recréer inlassablement et ainsi de leur offrir l'éternité. Ainsi il transforme ses sépultures et ses cimetières en musée. En conservateur pédagogue, dans la transmission, il se laisse guider, embarquer, pense moins, sent et ressent le souffle qui entraine et enlace. Incarné, il va plus loin, toujours plus loin, toujours plus bas, s'assouplit, se tord dans l'absence. Il met en scène des danseuses masquées moins pour empêcher le spectateur de s'identifier que pour, une fois encore, dans une éternelle répétition, réhabiliter les corps perdus. Chaque respiration le dégraisse de la matière, trouve dans ses ballets la légèreté du spirituel. Une forme d'éternité. Quand le journaliste l'interroge sur le concept de son spectacle, il contourne, détourne, l'indicible. Il s'acquitte alors de la demande en prétendant que les artistes ont souvent des difficultés à conceptualiser les œuvres qu'ils vivent.

## Une famille d'or

**L**isa, dix ans plus tard, à l'occasion d'un moment de calme se rappelle le dernier repas de famille avec ses 2 sœurs, son frère, ses parents et sa compagne, évidemment, présentée à l'époque, comme une amie de circonstance. Depuis, elle a fait du chemin. C'était la première fois, où elle avait pris conscience avec violence de sa différence, de son isolement. Petit canard de la famille, elle a mal, se tord. Depuis aussi loin qu'elle se souvienne, elle porte le costume de canard de la couvée. Parfois, souffre douleur, rebelle et insoumise, elle rêve toujours d'un ailleurs, jamais satisfaite, elle n'en a jamais assez. Lors de ce repas, ses parents n'ont de cesse, une énième fois, de lui renvoyer son insoumission, sa façon de couper les cheveux en quatre. Persuadés d'être bien comme il faut, ils n'ont pas l'intention de lui nuire. Et pourtant, leur amour est tyrannique. De véritables nuisibles et pas de ceux qui volent. Le repas se passe comme à l'accoutumée, sans éclat ni tempête car Lisa fait de son mieux, serre le poing dans sa poche.

Le lendemain, elle se rappelle avoir cherché du soulagement dans la rébellion du percing. La décision de se faire percer le nombril dans un boui-boui du coin accentuait le coté rebelle, l'acte illicite et obscure. Son objectif était sans nul doute identitaire ; Elle voulait les faire chier, et tant qu'à faire de passer pour la vilaine et l'insoumise autant en endosser le rôle. C'est l'époque où elle a commencé à ne plus vouloir faire semblant pour ménager les esprits. Elle avait alors 34 ans et expérimentait pour la toute première fois un choix libre. La petite perle noire trône toujours fièrement au dessus de son nombril. Elle la soigne et la dorlote comme un talisman. Le bijou n'est pas du gout de sa compagne qui entend bien garder le rôle féminin dans le couple. Elle déplore le vent de liberté que souffle cette perle. En famille l'objet de verre est restée sous silence et n'a donc jamais fait polémique ; la rébellion sous jacente n'a pas fait mieux, elle n'a pas dépassé le stade de la pensée. Parlons-en, de la famille, du déterminisme, de la vérité que lui serine son père. Celle dont elle essaie, essaie encore de se décoller. Pour son plus grand malheur, Lisa porte sur elle les stigmates, bien entretenus de l'émigration Italienne et de la terre. Ses traits sont marqués par la terre de la Sicile. Ses yeux, ses cheveux, sa façon de se vêtir en portent les signes d'appartenance. Récemment elle a même constaté que sur les photos elle prenait la posture du dindon avec son cou en avant et sa tête qui crève l'écran. Peut être qu'elle a trop été exposée au poulailler et à la basse cour. Elle se déteste ou Plutôt elle déteste celle qu'elle est devenue. Elle se hait d'avoir laissé faire par lâcheté, soumission. Depuis toute petite, le destin l'a contrarie, elle en est presque devenue parano. Ses rêves de frou-frou, de dentelle, de frivolité du monde de la mode et d'éventuelle carrière artistique ont été effacés, bafoués. Le père, autoritaire détenait la vérité incontestable et immuable. L'exploitation familiale sera reprise et perdurera à travers ses quatre enfants. Aucune exception à la règle ne sera tolérée. Les conjoints respectifs seront des pièces rapportées qui ne porteront jamais le nom du domaine créé de ses mains de toutes pièces. La vérité est dans l'exploitation, la tradition, la famille, nulle part ailleurs.

Pourtant, Lisa avec ses épaules de déménageurs, son sourire carnassier déjoue bien des tours. Là, elle rencontre un os. Face au devoir filial elle s'empêtre dans la culpabilité et se saucissonne comme les rosettes que fait son père une fois l'an, à la saignée du cochon. Entre deux pas rapides, elle réfléchit et fouille à nouveau ses souvenirs. Son exploration sans chronologie, ni ordre visible, déroule du câble. Elle laisse faire. Tout y passe, la rencontre avec Paul, Louis, Emma ; tous devenus des amis, remonte à la surface. Elle n'est pas de leur monde et pourtant ils lui ont laissé l'accès au leur. Ils l'ont fait rêver, par leur intermédiaire elle a touché du doigt la possibilité d'un ailleurs accessible. Par eux, le mur est tombé, le souffle de la liberté est entré. Le rêve de la capitale, d'un ailleurs où aller est devenu réalité. Au diapason de ses pensées, dans un même rythme, elle pense et remonte compulsivement ses manches. Elle répète comme une comptine l'expression « y'a pas de problème ». Elle erre sur les bords de Seine, encore toute groggy et surprise d'elle même. Sa décision est prise, elle restera là, loin de sa famille. Elle abandonne définitivement l'idée de réparer quoi que ce soit.

Revigorée, les idées lui viennent en marchant. D'une seule traite, elle décide du choix de son lieu de vie, de ce qu'elle va y faire et élabore le comment. Elle se voit, dans le spectre de l'agriculture mais sous l'angle écologique, derrière un écran.

## Une famille d'Or

Elle a conscience de l'influence familiale sur son orientation. Elle accepte que son choix ne soit pas tout à fait libre. Elle décide de moins serrer les points, de révéler son orientation sexuelle à ses parents. Elle a 44 ans. Et dans un ultime compromis avec elle même, elle se jure de ne jamais porter aucun vêtement de couleur terre. Des fois qu'ils déteignent.

## Une parenthèse enchantée

Une femme marche à pas rapides le long des berges du fleuve. Elle fuit. Le fleuve lui sert de guide. Ainsi, elle ne risque pas de se perdre et n'aura qu'à remonter le courant pour retrouver l'origine. Elle court sans objectif ni but. Seul le fait de courir, de sentir le mouvement revêt de l'importance. Il passe par le corps, par les perceptions corporelles. Le corps ne ment pas. Elle serait presque sereine, à nouveau connectée à la vie par le flux sanguin, respiratoire. le mouvement, les variations de rythme la rendent vivante dans une forme d'anesthésie du corps. Elle est encore abasourdie par ce qu'elle vient de faire, ou plutôt, de réussir. C'était plus fort qu'elle, elle ne sait pas pourquoi elle l'a fait. Elle constate, ici et maintenant, qu'en dehors de sa volonté, elle a bel et bien pris le virage. Le terrain s'est imposé à elle plus qu'elle ne l'a choisit. D'ailleurs, elle ne sait pas vraiment ce qu'elle est sensée en faire de ce virage à 190°. Alors, pour le moment, elle court. La lumière va bien finir par venir. Le mot stop, en lettres capitales résonne contre ses tempes, il les percute à lui en faire mal à la tête. Pourtant, elle court de plus belle, à en perdre haleine. Soudain, comme une voiture de course qui s'arrête au stand pour faire le plein, elle décélère, rompt le rythme, refait son lacet, rajuste sa barrette. Puis comme si de rien n'était, sans lever le regard ni prendre en considération le contexte, elle reprend sa course et retrouve rapidement sa vitesse, légèrement en sur régime. De l'extérieur, une véritable et authentique course folle. Elle suit son instinct, le cours du fleuve, le cours de son histoire. Elle court, compte et remonte le temps. Tout est prétexte : les dalles de pierre blanches qui bordent le fleuve, les bancs qui se succèdent, les lampadaires, les péniches. Elle se perd dans ses décomptes et recommence. Quand le comptage s'arrête, la pensée prend le dessus, elle s'infiltre et prend toute la place. 45 ans à remonter, plus qu'un marathon.

Son tir silencieux et sans sommation les a laissé médusés. Elle les a tous plantés, sans mot dire, sans une once de culpabilité. L'œil bovin et les bouches bées donnent du burlesque à la scène. Elle aurait voulu prendre une photo. Depuis le temps qu'elle en avait envie. 100 fois, la scène a été imaginée. Les gros plans et les macros nourrissent ses pensées sous tous les angles, de toutes les manières. Elle a même rêvé de mises en scène rocambolesques : Vaisseau spatial, navette, péniche, grande roue, cargos… Quel que soit le contexte, systématiquement, un bruit sourd rompt le silence ; La claque part, épouse la joue, s'y enfonce, laisse une empreinte dans la peau blanche. Le derme se parsème de petits points rouge vif qui reproduisent fidèlement, comme un tatouage le gabarit de la main. Puis, plus rien, le silence et le calme. Soit elle saute par dessus bord, soit elle ouvre la porte du vaisseau. Elle attribue volontiers l'influence de ses mises en scène à James Bond et plus particulièrement à Daniel Craig. Dans tous les cas elle s'enfuit, s'en remet à la chance et au hasard. les matins qui suivent ce type de cauchemar sont toujours savoureux, comme si elle avait accompli quelque chose de bien dont elle est fière.

Elle a « pété les plombs ». Elle d'ordinaire si raisonnable, conciliante et arrangeante. Aujourd'hui, elle l'a fait pour de vrai. Elle a disjoncté en publique. En pleine réunion. Non, elle est ni susceptible ni caractérielle ni imprévisible ; ça couvait depuis longtemps. Ça devait arriver. Jusqu'à présent elle avait toujours refusé l'obstacle. Un élan de courage, peut être l'instinct de survie, ont fait la différence. Dans la salle café, les jacasseries doivent aller bon train. Entre partisans et opposants, chacun doit mettre son grain de sel et essayer de profiter du non événement pour se faire mousser. Entre celles qui doivent prétendre mieux la connaître que les autres et celles, qui ne lui ont même jamais dit plus que bonjour, il doit y avoir polémique. Et la pauvre victime qui n'y est pour rien, lui aussi doit diviser les camps. Celles qui rêvaient de lui clouer le bec et celles qui sont sous le charme et qui carburent à grand coup de rentre dedans. Elle s'étonne encore d'avoir osé, outrepassé les bonnes convenances et surtout supporté et accepté le regard réprobateur de l'assemblée. Il y a des limites à tout, on ne peut pas tout supporter sous prétexte que l'on risque sa prime, voire sa place. L'humiliation à des limites. Elle se revoit dans l'action, elle en sourit. L'assemblée n'existe plus, le cadre disparait, son sang ne fait qu'un tour, une vraie furie, elle dégaine. La réflexion insidieuse de trop. Le regard de tueuse, fixé sur la tribune, elle l'attrape par surprise par la cravate, le gifle, redescend et s'échappe en claquant les portes plus vite que l'éclair. Temps de l'opération 20 secondes. Plus rapide qu'un braqueur de banque. Plus personne ne pourra dire qu'elle coupe les cheveux en quatre et qu'elle met trois heures à décider. Elle l'aurait bien fini avec un coup d'escarpin si elle avait pu.

A vouloir tout faire, systématiquement, tout réparer, elle pensait apaiser les choses. On lui a toujours dit d'éviter le conflit, que c'était de son devoir de femme de faire le tampon, de contenir pour manipuler en douceur. Sur ce mode, elle a conscience qu'elle ne faisait qu'alimenter l'ogre jamais rassasié. Un vrai barbe bleu. D'accord, elle n'était pas obligée de frapper si fort. La parfaite collaboratrice, parfaite copine, parfaite fille, parfaite épouse et parfaite mère, ça, c'était avant. Ils vont devoir faire avec. C'est non négociable. Sa décision est prise, elle attaque une nouvelle tranche de vie avec aux manettes , un être d'envie et de désirs qui sait dire non, qui a des besoins spécifiques, qui ne peut pas toujours plaire et qui pense aussi à elle. Ça va changer de la potiche qui dit toujours oui. Quel outrage. La vilaine fille, mal élevée en plus. Quel toupet, quel égoïsme. Le téléphone vibre, numéro inconnu, elle hésite, ne décroche pas. Message. Elle se décide à l'écouter. C'est son patron qui la somme de revenir s'excuser comme une petite fille irresponsable. Il n'a rien compris ce « con ». Elle regarde fixement l'appareil et le jette de toutes ses forces au milieu du fleuve. Il ne ricoche même pas. Elle accélère. Un bel Iphone 6 tout neuf offert par la boite. Adieu, au revoir. Elle se serait enlevé un boulet, l'effet serait le même, elle vole littéralement.

Soulagée, elle pose son regard sur l'environnement et aperçoit une gamine d'une dizaine d'années qui, comme elle, marche sur les dalles du bord du fleuve, comme le funambule sur un fil. Elle semble compter elle aussi. Elle est très appliquée, le regard fixé sur ses foulées. Sans cause ni raison elle se dit : à pair je me décale, impair je fonce et je percute. STRICK. Elle s'en remet au hasard. Paire, je me décale, impaire, je percute. Inchala, advienne que pourra. Elle ferme les yeux, se passe la main nerveusement dans les cheveux. Pair. Elle se décale in-extremis, laisse la petite fille médusée. Curieux comme cette gamine ressemble à sa propre fille quand elle était petite. Les mêmes couettes d'enfant sage, hautes perchées et bien serrées. La gamine a du couiner pour les avoir si bien accrochées sur le crane. Il y a bien longtemps qu'elle ne fait plus de couettes à personnes. Elle souffre du syndrome du nid vide, de l'abandon.

Finalement, c'est peut être pas plus mal, elle se rassure et se dit, qu'il vaut mieux être seule que mal accompagnée voire malmenée. Et, quant à être seule, autant jouir de liberté et faire ce que l'on veut. Enfin pas tout à fait, plutôt faire, un peu moins en fonction des autres. Beau programme. Elle réfléchit à sa façon de toujours se laisser mal menée jusqu'à la rupture. Pour faire plaisir, pour plaire, que ce soit avec ses enfants son mari, sa famille ou ses amis, elle se plie en quatre, elle essaie de faire entrer un litre et demi dans une bouteille d'un litre. Elle compresse, condense, prend sur les heures de sommeil. Elle en devient peut être même agaçante car les autres n'arrive pas à la suivre. Son mari lui dit toujours qu'elle met la barre trop haute, qu'elle peut être humiliante à faire trop bien. Facile, surtout quand on est juge et parti et aussi le premier bénéficiaire. La répartition des rôles, lui permet, entre autres, de jouer le patriarche et de se laisser servir. Une fois repu et les amis partis, fatigué, il va se coucher. Laissant tout en plan. Bien sur, elle, ne ressent jamais la fatigue. Pourtant, le lendemain matin tout est parfaitement nickel. Sans un mot plus haut que l'autre, c'est reparti pour un tour. Elle ne compte plus le nombre de fois où ils se sont crêpés le chignon. Elle, lui demande de l'aide pour continuer à recevoir leurs amis ; lui, comme seul réponse lui suggère de faire plus simple. Pas un instant l'idée de participer lui effleure l'esprit. D'ailleurs, il trouve ridicule de passer du temps en cuisine pour mijoter des petits plats ou faire la série de verrines. Pour autant, le moment venu il ne donne pas sa part au chien et se sert plutôt deux fois qu'une. C'est notamment sur les verrines qu'il parle d'humiliation des copines. Elles ne pourront jamais faire mieux, tu les enterres. Elle a essayé de lui dire que jouer à la dinette, faire plaisir aux autres, c'était ça son plaisir, qu'elle s'amusait. Sans ça, à quoi bon recevoir. Peut-être qu'elle n'est pas normale. C'est vrai qu'elle prend presque plus de plaisir avant que pendant. Seule dans sa cuisine, à penser aux gouts des uns et des autres, elle pense à eux, se sent utile. Quand ils sont là, la pression monte, la soif de bien faire et de devoir faire seule la déborde et elle n'arrive pas à profiter. Elle se réfugie dans l'intendance fonctionnelle et n'a alors qu'une envie : que ça se finisse, qu'elle ait son bon point, que tout le monde soit content. Elle finit la soirée fourbue, sur les genoux, se dit chaque fois qu'elle ne fera plus sans parvenir à faire autrement.

## Grandma et le tupperwear magique

Comme les bébés, Grandma a besoin du contact des autres humains; sans lui elle dépérit. Chaque semaine, je m'acquitte du devoir filial, avec plus ou moins d'enthousiasme. Histoire de rentabiliser le temps, époque oblige, c'est l'occasion de recueillir son point de vue sur mes préoccupations domestiques du moment. Sa disponibilité à mon égard n'a jamais défailli. Jusqu'à très récemment, son image de sainte et sa façon de s'accommoder de tout m'agaçaient. Elle était comme condamnée à la gentillesse. Sa discrétion incarnée, son adaptation a tout craint, sa façon de passer entre les interstices, me renvoyait ma noirceur. En un mot, elle détient la palme du « vivre ensemble » et je ne lui arrive pas à la cheville. Pourtant j'essaie, c'est très agaçant à la fin. Sa personnalité s'avère bien pratique pour vider la poubelle de mes pensées. J'avoue en profiter plus souvent qu'à mon tour. Malgré ses 90 ans, son point de vue est plus ouvert que celui de certaines de mes amies ou celui de ma propre mère. Assise derrière sa fenêtre, tout rideau ouvert, elle m'attend. Afin de ne pas la laisser m'enfermer, je ne lui donne pas d'habitude de jour et d'heure. Ses bras frêles conservent la force de l'étreinte et m'enserre chaleureusement dès mon arrivée. Elle me guide de ses mains et m'entraine dans le salon où trônent la théière d'argent et l'éternel gâteau maison. Au soin porté à la table on pourrait croire qu'elle attend une princesse. Faire plaisir, faire pour l'autre la nourrit. Les petits riens du quotidien l'égaillent.

## Grandma et le Tupperwear magique

Elle sait les cueillir avec douceur. Force est de constater qu'il n'y a rien de génétique là dedans.

L'odeur du cake au citron m'enveloppe de torpeur. L'entrée dans le salon déclenche chez moi un ralentissement des rythmes physiologiques. Un peu comme si dans un étirement du temps, tout ralentissait. A chacune de mes visites, je m'étonne de cette ressource, malheureusement non transportable hors de ce lieu. C'est seulement dans ce salon aux lourds rideaux de velours mordorés que je baisse ma garde, me laisse à penser à la superposition des vies dans l'ignorance les unes des autres. Seul l'arrêt sur image de ce moment m'autorise à faire du lien. Le cake immuable est inimitable. Toujours la même consistance, la même saveur, la même couleur miel. Il fait écho à une forme d'immortalité. Attablée face à moi, accrochée à mes lèvres, Grandma donne l'impression que je suis la plus importante. A la bouffée d'air que je lui apporte, elle répond par un souffle d'amour pur. Je ne sais pas vraiment si elle m'écoute, comme elle savait si bien le faire autrefois, mais je m'en contente, et dans tous les cas, je joue à faire comme si. C'est tellement bon !

Je ne sais pas bien par où commencer. Un truc qui ne révèle pas mon meilleur profil reste coincé et pollue mon quotidien. J'ai beau faire, ça ne passe pas et il me fait honte. Sous couverts des perturbateurs endocriniens, histoire de donner un peu de noblesse à la situation, je me lance dans un récit domestique. Le prétexte est un peu gros, mais sur le moment, je ne trouve pas mieux. Je démarre avec le constat de la raréfaction des « tupperwares » plastiques au profit des récipients de verre dans les rayons des supermarchés. Au delà du message écolo-sanitaire, j'y vois une problématique de mœurs. Tout comme j'avais récemment découvert que je n'étais pas la seule à posséder un sac à chaussettes qui n'avaient jamais retrouvé leur paire, le « tupperware » maléfique est peut être plus courant qu'on ne veut bien le croire. Penaude, et mielleuse, je confesse, ce qu'il faut bien le dire, relève d'une fixation. La boite plastique prend une place démesurée dans ma vie et sème régulièrement la zizanie. Elle ébranle et malmène la quiétude du quotidien. Elle va même jusqu'à faire vaciller des soirées. Sans compter son pouvoir maléfique de couper court à tout préliminaire amoureux...

Les yeux fatigués de Grandma me disent : « Ma pauvre fille ! »

J'explique que ce n'est pas tant la boite que j'accuse mais ce qu'elle représente ; le symbole de femme libérée enclavée dans les usages. Sur le rebord de l'évier, sans pancarte ni écriteau, la boite me parle, me supplie, me tend les bras. Elle n'attend que moi. Elle me met autant mal à l'aise qu'en présence d'un clochard que je feins d'ignorer. La boite me dit, au mieux : «Merci de bien vouloir me laver » ; Au pire : « A laver » (par la préposée). Dans les deux cas, le message sous-jacent n'est pas en phase avec celle que je veux et crois être.

« Je vois ce que tu veux dire : tes « tupperwares » c'était les bottes boueuses de Grandpa dans l'entrée. Elle semblaient me parler et m'incitaient chaque jour du regard à les ranger. »

## Grandma et le Tupperwear magique

J'explique que par choix, je prépare la « lunch box » de Paul et que les petites boites s'inscrivent dans notre d'hygiène de vie, dans un souci d'équilibre tant physique que financier. J'assume donc, aussi bien que possible, la fonction nourricière de la famille, c'est ma façon d'aimer. Je veille, comme on me l'a appris, à faire tout comme il faut, au moins en matière de tradition alimentaire.

Grandma relève légèrement les épaules. J'interprète son mouvement comme une reconnaissance partielle de responsabilité. Je suis le « cul » entre deux chaises : d'un coté, je clame haut et fort que je n'ai plus rien à prouver et de l'autre, je n'ai de cesse de prouver mon incontournabilité. Le poids de la transmission insidieuse a des odeurs de remontée d'égouts dont je m'accommode mal. Il paraît que je suis une râleuse.

Grandma grimace, me rappelle que déjà petite je ne me laissais pas faire, je crissais et tenais ma place dans l'effort. C'est a elle que je dois l'idée que l'on tient un homme par la Gueule et par la Queue ; ses yeux verts délavés brillent. Elle devait être très belle. De fil en aiguille, sans comprendre pourquoi, ma mémoire m'amène sur un plateau d'argent le souvenir d'une séance d'écossage de petits poids sous la tonnelle. La besogne du passé suscite un émotionnel contradictoire. La corvée d'écossage était aussi l'occasion de moments privilégiés avec Grandma. A l'écart du regard et du jugement de maman, Grandma me confiait des secrets d'adultes pour lesquels je promettais toujours, quoi qu'il m'en coute, de ne rien dire à personne. Le voile de la douce connivence de ces moments se dépose sur ma mémoire.

Je m'arrache difficilement à la nostalgie de l'instant et reviens au « tupperware » et à sa règle d'usage implicite devenue au fil du temps très explicite : il doit revenir vide et propre. Une fois mangé, si, pour quelque raison que ce soit il revient sale, le propriétaire doit y remédier sans attendre l'aide de quiconque ou espérer la sous-traitance. Pas de quoi en faire un protocole. La première partie de la règle ne pose jamais de problème, la deuxième beaucoup plus. Je me demande si Paul pense vraiment que ça me fait plaisir de faire ma vaisselle dans le lavabo des toilettes de l'entreprise. En tout cas, plaisir ou pas, j'attends de Paul qu'il en fasse autant. Question d'équité et de respect. Mais, Paul a la fâcheuse tendance de s'arranger pour faire faire aux autres les choses qui l'encombrent. Il est formaté différemment. Selon lui, c'est une question de différence de timing, pour moi, c'est une question de niveau d'empathie et de respect. Paul ne comprend pas, ne voit pas le problème. Pour lui, son « tupperware » mal odorant a toute sa place dans l'évier de la vaisselle du soir. La difficulté du laveur de « tupperware » s'apparente au sevrage du fumeur. Comme lui, il n'a pas trouvé pourquoi il s'arrêterait ni ce que ça changerait réellement. Alors il diffère, reporte, contourne, se ment à la première occasion.

Comme pour me montrer qu'elle suit, Grandma prend la balle au bond et me place un de ses mots improbables trouvés dans ses mots croisés. « Si, je comprends bien tu te sens plus factotum que femme ». Elle a toujours cet irrésistible besoin d'être parfaite. Pertinente, là où il faut, quand il faut. Ça m'énerve et m'épate en même temps. Pour le coup, j'espère qu'il y a un peu de génétique dans l'histoire !

Je lui explique que je ne suis pas comme elle, que je n'y arrive pas. Je suis CHIANTE, et revêche. Je n'arrive pas à faire autrement, pourtant j'essaie. Ça me coûte trop de jouer la gentille. Régulièrement je tente de me faire entendre si ce n'est comprendre. Je répète et supplie. Je demande, avec des « s'il te plait», longs comme le bras. Rien n'y fait. Tous des fils de Jocaste ; Qu'est-ce que j'y peux ? «J'ai peut être même pas fait mieux avec mes propres fils». Après vingt ans de vie commune, je ne parviens toujours pas à m'extasier devant le petit caca de Paul qui pue dans l'évier. Il me parle ; me nargue, m'irrite, me défrise, me renvoie à la différence de genre, à l'écart entre la théorie et la pratique. Il heurte mes limites. J'entends que faire sa petite vaisselle au bureau n'a rien de jouissif, que ça ne fait pas viril. Paul ne comprend pas, ce qu'il ne ressent pas. C'est sans doute trop lui demander de s'acquitter d'une tache sans comprendre, simplement par amour ? Effectivement, nos priorités diffèrent et je m'en désole : L'un a pour devoir d'effectuer d'abord les contraintes, pour éventuellement accéder au plaisir au titre de récompense dans un second temps alors que l'autre, accède au plaisir immédiatement et passe aux contraintes seulement s'il reste du temps, et toujours pour Aider. Le principe de base de Paul se résume au dicton «un tu l'as vaut mieux que deux tu l'auras». Il prend donc tout ce qu'il y a à prendre tout de suite et diffère le reste à plus tard. Selon que l'on est pourvu ou pas de « Y », le plaisir est un droit, ou une récompense. Tous pas pareil !

Grandma, avoue sa part de responsabilité.

Sans parvenir à m'en détacher, le coté ridicule et épidermique de ma réaction est de plus en plus flagrant. Conditionnée, la seule vue de l'objet déclenche une chaine associative dévalorisante qui finit par libérer un fiel, d'autant plus corrosif que je me sens ni reconnue ni entendue. Je devrais jeter l'éponge. A chaque fois, je sors de la bataille le cœur gros, désespérée avec l'envie de tout casser. Je lui parle de symbolique, il colle à l'évier. L'échange est systématiquement stérile, peut être, volontairement stérile ?

Grandma décroche, me parle de la maison familiale que je n'ai jamais connue. Elle me confond avec ma mère. Aurais-je prononcé un mot inducteur du passé, une émotion ? Est-ce l'idée de faire quelque chose par amour ? Est-ce son éventuelle responsabilité qui l'emmène ?

Je laisse passer un court instant de silence vide. Puis je tente de la raccrocher. Pas très convaincue, je reprends néanmoins le fil et déclare que désormais, je ne demanderai ni compréhension ni validation, j'exigerai simplement. Ce n'est ni beau ni démocratique mais je m'en fous. J'assume mon coté excessif et un tantinet obsessionnel. Sur ce coup là, je compte remporter la mise. Je ne veux pas céder, j'en fais un principe. Le « tupperware » sale dans l'évier me fait gerber, sur ce que je suis, ce que je deviens. Il rivalise avec la cuvette sale des toilettes, celle qu'on laisse au suivant. A chaque fois ça me fait le même effet, j'ai envie de crier, de trépigner comme une gamine. Je sais, je suis une buse. Et alors ! Trop c'est trop.

Paul refuse l'obstacle.

Je me braque.

Le salaud !

Pour qui me prend-il ?

Plus je déverse mon venin, plus j'en mesure le ridicule. L'indulgence de Grandma m'évite de trop culpabiliser. Elle s'adapte et s'absente discrètement dans ses souvenirs. Pour déroger à mes propos barbants. Alors qu'elle somnole, je me tais et continue intérieurement mon dialogue :

Il est plus fort que toi, c'est un fait. Ses désirs, ses besoins, ses priorités et son pouvoir te dépassent. Il te soumet, tu résistes mal, c'est dans l'ordre des choses, depuis des générations. Il passe avant toi, ça a toujours été comme ça. Sa grand-mère, sa mère se sacrifiaient déjà pour lui ; alors pourquoi pas toi ? Qu'est-ce que tu as de mieux qu'elle pour prétendre t'alléger de tâches domestiques et revendiquer l'équité ? Rappelle-toi, le partage du poulet le dimanche, il avait toujours la cuisse. Il pense même que sa mère apprécie pour de bon et sincèrement le croupion. Comme si on pouvait aimer le croupion ! Pourquoi pas les ongles pendant qu'on y est ! A coté de ça, le « X » du XXIème siècle fait de beaux discours sur la liberté, la féminité, l'égalité dans le couple. Parole et parole et encore des paroles ! Dalida a fini par se suicider.

J'en conclu qu'à priori, faire la vaisselle au bureau est surhumain, le risque de se tâcher trop grand.

Grandma, que je croyais partie s'avance vers moi et me demande à quoi sert mon lave-vaisselle ? Je lui explique que Paul
ne fait pas la différence entre un broyeur et un lave vaisselle.
Quand la boite y trouve sa place ce n'est qu'à demi gagné. Au
moins, elle sort de ma vue temporairement et diffère l'insatisfaction. Pas vu pas pris ! Je finis par évoquer la scène de trop
d'hier où Paul m'a renvoyé à la figure ma rigidité et mon sens
très particulier des priorités. Il dit que je fais des histoires pour
rien, que je suis rigide, j'entend frigide. Il évoque le temps libre
d'Alex, notre fils, actuellement en vacances et sa prédisposi-
tion supposée et toute trouvée pour faire la vaisselle le lendemain. Il touche la louve qui est en moi, preuve s'il en était
besoin, que le lien filial prime sur le lien conjugal. Je suis ex-
cédée par l'attitude de chef d'entreprise en famille. Il délègue
les tâches subalternes, comme à des employés et essaie de faire
faire à son fils ce qu'il n'a pas envie de faire. Il lui dit à demi
mots: « Tu me dois bien ça », « après tout ce que j'ai fait pour
toi. A travers Alex c'est moi qui trinque. Qu'il ne me respecte
pas passe encore mais, là c'en est trop. Pour protéger le petit,
bien sur, je compense et fais à sa place en feignant la légèreté.
Je répare et colmate, la boule au ventre et la mort dans l'âme.
Je me sermonne, ou plutôt tente de me raisonner. Rien n'y fait,
Je le tuerai. Je me calme et relativise. Je finis par me convaincre
de ne pas en faire un plat. J'en verrai d'autres, j'ai plus à y
perdre qu'à y gagner. Inutile d'insister ; ça risque juste de tour-
ner au vinaigre. Bien que je connaisse l'issue, elle ne cesse à
chaque fois de me surprendre. Une chose est certaine, chaque

épisode, me laisse un peu plus abimée.

Je trouve incroyable que Paul ne parvienne pas à faire un effort sur la durée. A croire qu'il ne se sent pas concerné, qu'il est au dessus. Il doit se dire : «ça lui passera». A moins qu'il ne se dise rien, ne pense rien. Effectivement, ça me passe, mais à quel prix ! J'y laisse à chaque fois un peu d'estime. A croire qu'il ne comprend même pas ce que je dis et pourquoi j'en fais une histoire. A croire que par moment, il débranche. Je suis certaine que ce n'est pas de la provocation. Je ne peux lui demander que ce qu'il a. Ça visiblement il en est dépourvu ; pourtant j'insiste. Responsable mais pas coupable, je me console, m'invente une mélodie que je transforme et déforme à gré : «abat les tupperwares, Yé Yé». La vérité s'impose. Je ne peux pas changer l'homme, je ne veux pas d'ailleurs. Mais alors, qu'est-ce-qu'il m'emmerde et qu'est-ce-que je serais mieux sans lui (d'accord pas toujours).

Grandma me coupe :

- Tu l'aimes ?

- Oui pourquoi ?

- Comme ça !

- Ce n'est pas à toi que je vais expliquer que l'amour ne suffit pas toujours.

Entre ses dents, à peine audible, Grandma susurre : «on sait ce qu'on a».

Grandma me demande si j'ai l'intention de continuer longtemps comme ça. Ce que j'attends pour décider de contourner l'obstacle ? Pour un peu, elle prendrait sa défense. Je n'en crois pas mes oreilles. Moi qui comptais sur elle pour me plaindre et me consoler, elle prend presque son parti. Vexée, elle m'invite pourtant à sortir de l'ornière. Comme par magie, une solution s'impose. Comment n'y ai-je pas pensé avant ? Il faut que je fasse tout disparaître. Plus de « tupperware », plus de problème. Ainsi, mon problème devient son problème. Je suis bien consciente de plus déplacer que traiter mais ça fera toujours une partie de gagnée et un peu de confort d'esprit retrouvé.

Rendre visite à Grandma n'est peut être pas qu'un devoir de petite fille bien élevée. C'est aussi l'occasion de ralentir, de prendre de la hauteur. Au détour des conversations, c'est chez elle que je ré-invente régulièrement des morceaux de ma vie. Je n'ai plus qu'à m'équiper de sacs congélateur jetables zippés et le tour est joué. Grandma jette un œil sur la pendule, elle sait que le temps m'est compté et que celui imparti est bientôt écoulé. A son habitude, elle tente les prolongations.
- Et si tu essayais d'être une « quincados » comme Paul. Tu sais, cette tendance que développe la nouvelle génération dont les médias parlent. Ceux qui préfèrent la liberté à l'autorité, les loisirs aux corvées, le travail choisi à la besogne subie.

Et bien, non, justement je ne sais pas.

Elle n'en manque pas une pour me donner un os à ronger dans l'intervalle de notre prochaine rencontre. Elle avait du le préparer, c'est pas possible autrement. Elle m'épate, elle ne finira donc jamais d'apprendre, d'engranger, et en plus dans le plaisir. Je commence juste à saisir que derrière son ancien rôle lisse et conforme se cachait une femme fine et complexe. Probablement, qu'elle ne disait pas tout ce qu'elle pensait, ne pensait pas à tout ce qu'elle disait et ne faisait pas non plus tout ce qu'elle croyait. Mais comment, elle qui avait tant à dire, a-t-elle pu se taire et se soumettre toutes ces années ? L'énigme reste entière. J'ai l'impression d'être devant un coffre fort sans clef ni code. Je reste gauche et démunie. Une petite fille.

Moi qui croyais que la vieillesse n'était que régression et perte, j'ai dû, une fois encore, me mettre le doigt dans l'œil.

Merci Grandma pour tes tentatives de me rendre adulte responsable. Merci de m'inciter à prendre mon avenir en main. Elle me regarde incrédule, je constate, surprise, que je suis légère et détendue. Je suis d'ailleurs passée d'une assise sur une fesse à la position avachie, bien installée confortablement dans la vraie vie. Je savoure et diffère les combats du siècle. Grandma me dit de ne pas m'inquiéter. Il paraît que j'ai le temps, que la vie commence à soixante ans, quand on la connaît mieux. Moi qui balance entre deux âges, je concède que la réalité des faits pèse moins que mes sentiments et mes croyances. Grandma me confie que son drame à elle, ce n'est pas tant de vieillir mais de rester jeune dans sa tête. Des fois, elle avoue préférer oublier, ne pas imprimer le présent et plonger dans un passé plus clément. Rien ne sert de rivaliser, elle est hors compétition, elle sera toujours la plus forte.

## Slow

Tantôt musaraigne, tantôt marmotte, curieuse et espiègle en bordure de terrier, à l'affut, au moindre indice je me réfugie aux abris. Je l'ai échappé belle, pour un peu j'incarnais une taupe! Je traque, filoche et envie à longueur de journée. Une véritable quête du graal, une obsession.

Depuis aussi longtemps que je me souvienne, à la dérobée, le plus discrètement possible, je l'observe, l'épie sans oser m'en approcher ; je connais le moindre de ses faits et gestes, son pas dans l'escalier, ses horaires, ses habitudes. Au rythme de son déplacement, je suis capable de détecter son humeur.

Chaque jour, je prie - le paradis éclaire alors ce qui se passe sur terre, juste devant moi -elle devient l'héroïne de l'immeuble. J'élabore des scénarios de copinage compliqués et des collaborations folles.

Avec l'aide du ciel ou de tout autre instance supérieure, en outsider, j'ai réussi l'improbable. Je suis devenue l'amie d'Isabelle puis sa meilleure amie. Ça fait 30 ans que ça dure.

Sous l'emprise maternelle et sociale, par habitude et conditionnement, je me tiens d'ordinaire à distance des lumières - Sait-on jamais, des fois que ça déteigne ou que je me brule la rétine ! - Avec Isabelle, les mises en garde et conventions n'ont pas fait le poids. Hasard, incantation, demande d'aide aux Saints et Dieux des quatre coins du monde, conviction, répétition, déterminisme, les petits riens ont fait la différence. Comme à la Française des Jeux, « tous les joueurs ont tenté leur chance ». La règle du «si… alors a fait le reste» : « Si à 5 elle pousse la porte d'entrée, alors je sors.» Si elle sort maintenant de l'ascenseur, alors j'engage la conversation au delà du bonjour. Si je vise bien, alors je lui monte le courrier… Conquérir Isabelle m'obsède, une idée fixe. Tout se rapporte à elle, revient à elle, j'y perds ma liberté et mon autonomie. Ma vie, tourne autour d'elle : comment la trouver, la garder, faire que ça ne finisse pas... Elle est mon unique centre de préoccupation qui justifie le moindre de mes actes.

Les mises en garde de ma mère sont pourtant quotidiennes. « Elle n'est pas de ton monde, reste à ta place. Quand on s'attache aux gens on ne peut plus s'en passer, on devient dépendant et on souffre. Tu es forte, tu n'as besoin de personne, tu dois te débrouiller toute seule. » Elle finit invariablement par se mettre au centre du sujet, à tout rapporter à elle en m'insufflant incognito une once de culpabilité : « je ne te suffis pas ? Tu n'es pas bien ici? ». L'amitié selon ma mère appartient aux maladies contagieuses et incurables dont il faut se protéger. Pour elle, se nourrir de miettes à plusieurs râteliers est préférable qu'un banquet dans une seule mangeoire. Ce serait la seule façon de rester libre. J'avoue ne pas être certaine de vouloir être libre. Joker.

Elle est unique, tellement belle. Sans cesse, elle court, je ne sais après qui ou quoi, elle est toujours pressée. Isabelle a cette démarche de danseuse si particulière qui effleure le sol comme s'il était en pente, le corps légèrement en avant, les talons levés, elle se laisse comme embarquer dans la pente.

Elle a le regard vif et intrusif, balaie les éléments du quotidien sans effort apparent, elle scanne l'environnement d'un coup d'œil. Dans l'entrebâillement de la loge, je sens son regard qui détaille le moindre des recoins et me déshabille. Elle a des pouvoirs hors du commun si ce n'est magique. Programmée pour faire toujours plus, aller toujours plus loin, ses parents ont investit et mis en elle tous leurs espoirs. Peut être ont-ils forcé la dose ! Mon modèle, Mon idole, Mon but, rien n'est trop couteux pour t'égaler.

Le revers de l'exceptionnel c'est qu'elle est souvent seule, à contre temps, décalée, trop rapide pour les autres. Elle en début de peloton, je rêve d'être son petit cheval blanc protecteur, sacrifié volontaire.

Déjà à cinq ou six ans, fluette, elle pédalait de toutes ces forces sur son petit vélo rouge à roulette; elle appuyait comme une forcenée pour rattraper les grands, des garçons bien sur. La vitesse ne lui faisait pas peur, elle semblait ne pas s'autoriser à ralentir. Ce sont les faibles, les fillasses qui freinent. Plutôt mourir. Elle m'incitait à me dépasser, à aller toujours au-delà de ce à quoi j'étais prête. Jamais je ne l'ai maudite.

Je la revois glisser en patins à roulettes sur le bitume granuleux, toujours plus fort, plus vite, plus élancée, plus ... Quand elle se déchaussait, les fourmis dans les jambes la faisaient tituber, c'était d'ailleurs la sensation qu'elle cherchait et qui justifiait l'effort. Des après midi entiers, elle passait et repassait sous les fenêtres de la loge dans un mouvement de va et vient toujours plus rapide. Sa mère essayait en vain de limiter la casse en l'affublant de froufrous et volants. Jupes à volants, robes à smock et manches ballons faisaient partie de son arsenal. Les froufrous en armure, elle trouvait encore moyen d'en faire plus que les autres, mieux et plus vite. Elle jouait double jeu et portait volontiers le handicap du costume dans les jeux de garçons. Quelque soient les conditions elle était toujours gagnante. Récemment elle m'a appris que même la nuit elle était en mouvement, elle ne s'endormait que saouler par des bercements rapides et énergiques de droite à gauche. Elle ne cherchait pas le roulis calme et apaisant mais un balancement grisant qui emmène dans un autre monde. Une ivresse qui la faisait glisser dans le sommeil par épuisement. Le monde de Morphée ne pouvait l'accueillir que groggy ; on/off ; entrer/ sortie sans sas ni transition, ni pente douce.

J'ai patienté jusqu'à l'école primaire, la classe de CE1 pour l'aborder .

Protégée derrière la vitre, je l'étudiais, ruminais, fantasmais sur sa vie. J'étais une enfant renfermée, taciturne et timide. Je faisais beaucoup d'efforts pour me faire oublier. Je vivais par personne interposée et essayais de m'en satisfaire. J'imaginais une vie d'héroïne qui me protégeait et m'enfermait. Ainsi, en confondant acte et pensée je restais tranquille.

Toute l'année de CE1, je lui ai couru après.

Nous prenions le bus en sortant de l'école. Pour attraper celui de 16h37 il fallait courir sans avoir la certitude de gagner. Une distance d'un peu moins d'un kilomètre séparait le portail de l'école de l'arrêt de bus. La plupart des enfants prenaient leur temps et attrapaient le bus de 16h50. Isabelle ne s'y est jamais résolue. Chaque soir, elle se lançait le défi. Elle partait comme une flèche, descendait la pente à toute allure comme si sa vie en dépendait. Derrière, j'essayais de suivre, mon cartable sur le dos qui bringuebalait, le souffle court. A mi parcours, il m'arrivait souvent de jeter l'éponge, déçue de ma bien piètre prestation. Pas une fois elle ne m'a attendue ; peut être ne m'a t'elle même jamais vue. J'en doute. La plupart du temps elle était gagnante ; quand par hasard elle ne l'était pas, elle ne s'avouait pas vaincu pour autant et se rendait à pied à l'arrêt suivant. En compétition perpétuelle avec le temps, elle ne lâchait rien. Je me demandais bien à quoi pouvait servir ce trésor tant convoité dont mois je débordais et ne savais que faire. Pourquoi en avait-elle tant besoin ? Lui courir après sans parvenir à la rattraper m'a longtemps rendu triste. Visiblement pas à la hauteur, handicapée, j'en suis venue à quémander des hormones de croissance à ma mère et prendre en cachette de la vitamine C achetée en supermarché.

Notre relation est aussi décalée et improbable qu'Isabelle et moi. Elle défie si ce n'est les lois de la gravité, les règles sociales et du sens commun. Je suis fille de gardienne, elle habite l'appartement terrasse du 6ème Etage, le fleuron Haussmannien. Perchée dans sa tour d'ivoire, elle m'ouvre régulièrement ses portes. Même dans les moments de calme elle cherche toujours à gagner du temps, elle pense toujours à l'après. Pendant le temps de nos études alors que je prends le temps de faire les choses et que j'envie sa rapidité, elle dévore ses livres en « page turner », compte le nombre de pages qu'il reste avant la fin des romans alors que moi j'essaie de la suivre sans concéder à perdre la saveur des choses. Je suis toujours entre deux chaises, en échec et à la traine, dans l'ambivalence. Je cache perpétuellement mon insatisfaction, je me dis que je n'y arriverais jamais et pourtant, j'essaie encore et encore. Plus elle est fatigante et usante, plus je m'accroche.

Aujourd'hui, vingt ans plus tard, rassemblée sur son canapé dans une tentative de « hygge » à la danoise, c'est la trêve. En bonne élève, nous avons tout mis : chaussettes, lumière tamisé, café chaud, vêtement d'intérieur en pilou. On est loin d'être sexy mais qu'est-ce qu'on est bien ! Isabelle est taciturne, voire mélancolique ; je suis dans mon élément, plutôt d'humeur badine ; je sens bien la nécessité de faire taire mon enthousiasme et ma joie de vivre pour être en phase. Je m'exécute bien volontiers.

Je n'en crois ni mes yeux ni mes oreilles, Isabelle se confesse. Elle sort de son personnage, de son faux self. Elle me laisse voir sa partie sombre. Je me calle, j'écoute sans commentaire, la mâchoire entrouverte. Elle se dit fatiguée, faire des efforts surhumains pour se rendre accessible, ralentir et vivre avec les autres. Elle a les larmes aux yeux. Elle n'y arrive plus.

C'est vrai que ces derniers temps, elle fait appel à moi plus souvent. Pendant des années elle était mon moteur, elle me donne maintenant le rôle de frein. Moi qui ai toujours cru être son boulet, voilà que je me retrouve en air bague. Sur ce coup, Je m'en tire encore bien, j'aurais pu être un préservatif. Je me sens ballotée, malmenée entre ses désirs et les miens. Elle me parle du personnage d'Heidi l'orpheline dont elle avait retenu Jusqu'alors que l'autonomie et la liberté. Elle découvre l'autre versant du personnage en accord avec la nature, le rythme des choses. La petite fille qui parle sans ennui à son grand père des banalités de la vie, sans finir ses phrases à sa place, sans penser à l'après. Celle qui ne vit pas à cent à l'heure comme si elle allait mourir demain.

Entre deux reniflements et deux sanglots elle fait le triste constat d'échec. Elle dit s'être trompée, qu'on l'a trompé. Le « LOVE and PEACE » de ses soixante huitards bobos de parents a toujours été sur un mode impératif dans une temporalité du tout tout de suite. Elle leur en veut. Elle se dit complétement prisonnière de la tyrannie du toujours plus, toujours mieux, toujours plus haut. A peine parvenue à un but, déjà le suivant se dessine. Depuis toujours, elle essaie. Toujours mieux, toujours plus; ça ne suffit jamais. Elle hait le management par projet, par objectif, la compétition.

Je reste sonnée. Je ne connais pas cette petite fille dans ce corps de femme. Ce n'est pas mon Isabelle. Déstabilisée, je me sens vieille, sage et raisonnable, trop adulte. Sa naïveté, son combat contre les causes perdues m'étonnent. Isabelle est d'une autre planète. Un vrai Bisounourse qui atterrit sur le tarmac avec perte et fracas.

Elle constate avec regret mais sans amertume, que malgré tout ça elle ne peut pas faire autrement. Elle n'est pas encore tout à fait prête. ne pas pouvoir faire autrement et ne pas être prête à changer. Sa tendance à rapidement rentrer dans le vif du sujet, aller droit au but font sa gloire. C'est même son emblème, sa signature, son identité. Tout le monde la définit comme efficace, rentable, rapide. Au milieu du guet, elle me regarde l'œil vide ; elle paie chère. Elle est lasse, veut choisir, changer ce qui n'a plus de raison d'être. Elle a comme qui dirait gardé ses moonboots sur la plage.

Elle me dit que j'ai de la chance, pour moi tout est facile et bien rangé. Tout est de ma faute. Alors qu'elle avait tout pour être heureuse, elle n'y parvient pas et ce n'est pas faute d'essayer. C'est moi le problème. Je respire l'équilibre, je fais le contre poids, le creux qui éclaire la bosse, relativise et minimise ses réussites. Elle veut la recette. Elle dit que le fait d'avoir ralenti à mes cotés, - je pense : de m'avoir attendu- change la perspective. Elle a le cœur lourd d'en faire trop sans que ce ne soit jamais assez. Elle veut changer- vœux pieux- mais tout en plaisant autant et ne perdant rien. C'est pas gagné, ça va être long. L'âge ne lui donne pas une légitimité suffisante pour amorcer le changement, pour assumer pleinement. Elle ne sait pas comment dire sans risquer de perdre ses liens ni avoir l'impression d'être vieille. Elle sait que son désir d'aller plus vite, prend racine dans le sentiment de ne pas peser lourd. Le désir de performer, d'incarner l'extraordinaire sont ses outils pour briller, tenir sa place. Elle ne se résout pas à être remplacée, gommée par une autre. La peur de perdre le contrôle, la pousse dans le trop, elle fait du vent.

Je découvre une Isabelle que je pensais libre tout aussi aliéné que moi, dépendante du regard de l'autre, enfermée dans les usages. Je comprends que la course est sa façon à elle de luter contre la mélancolie. Je m'en veux d'être restée aveugle à ce qui tambourinait à l'intérieur d'elle, de n'avoir vu que les lumières du dehors.
Je me sens de moins en moins badine, de plus en plus lourde. Je fais l'éponge, je suis plombée, j'en ai des hauts le cœur.

A 50 ans, Isabelle se dit hors compétition, ne plus avoir rien à prouver. Tout est allée trop vite. La foison d'albums photos, de souvenirs ne lui donnent aucune valeur ajoutée. Les vestiges heureux du passé sont archivés dans de belles boites qu'elle n'ouvre jamais. Les catalogues de souvenir sur l'étagère ne sont pas les siens. Elle se demande si c'était vraiment elle ? La nuance entre rêve et réalité devient floue. Elle a tout aperçu, rien vu : Les 5 continents, les villes, les banlieues, les coins perdus. Elle constate avoir perdu le cap, ne pas avoir pris le soin de faire des points d'étape, avoir manqué de sagesse. Elle s'est perdue et m'accuse, m'en veux d'avoir participé à son emballement. Mon admiration inconditionnelle lui aurait interdit de ralentir. En alimentant sa chute prévisible, je découvre que je fais plus de poids que je ne pensais. Moi qui croyais être la vache et elle le train, elle me dit le contraire, dévoile son imbécillité, la mienne. Elle dit avoir fait le tour de la question, un trop grand et trop long détour. Elle veut changer, ralentir, prendre le temps de contempler. Entre deux eaux, elle est prête à réussir. La pulsion et la compulsion inextinguible à vivre, ont pour cousine la peur, et pour parents le défi. Elle piétine, voire trépigne. Le mode compétition est aux aguets. Contradiction et ambivalence ne lui permettent aujourd'hui l'accès au changement que sous la pression de l'enjeu.

Tout y passe : la peur du temps qui passe, la peur de vieillir, le peu de poids du plaisir – surtout le poids de celui qu'elle se refuse-. Dans l'illusion de gain de temps, contraintes et restrictions prennent toute la place. Les pleurs font couler le rimmel, le cheveu filasse tombe sur ses épaules. Le bilan d'une réussite amère la vide aussi bien qu'une purge. Moi qui l'admirais et la pensais inatteignable je la sens très proche, fragile, Je ne sais que faire de ses confessions et pourtant j'ai envie de me rapprocher d'elle, de la protéger, de l'entourer de mes bras. Sa volonté à rentrer dans le rang, me ressembler me dérange. Je n'ai rien à lui apprendre, je la supplie intérieurement de prendre une autre voix. Je ne vais quand même pas lui apprendre le manque d'estime de soi, de confiance en soi, la culpabilité, le doute, la honte, les regrets, les compromis, la peur…

L'unique chose que je puisse lui apprendre, c'est à désirer ce qu'elle a ; la capacité de faire avec, sans attendre ni personne ni autre chose qui viendra ou ne viendra pas, plus tard, demain, jamais. Peut être, puis-je l'aider à ouvrir les yeux et retrouver sa curiosité d'enfant, l'amener à regarder la vie au ralenti, faire des petits pas, se déplacer avec tout le temps nécessaire et suffisant.

Somme toute, elle est bien dans la vague du temps, qui promeut les bienfaits du slow sur tous les fronts du supermarché aux moyens de transports en passant par la façon de se nourrir.

Il paraît que prendre le temps de jouer est le secret de l'éternelle jeunesse, prendre le temps d'aimer et d'être aimé est une grâce de dieu, prendre le temps de rire est la musique de l'âme.

Force est de constater qu'elle n'a pas su prendre ce temps qu'elle n'est ni habitée par la grâce ni par la musique de dieu. Pourtant, elle en a pris des temps ;

le temps de penser car c'est la source de l'action,
le temps de lire, car c'est la source du savoir,
le temps de travailler car c'est le prix à payer pour être sur terre et tenir sa place.

Elle n'est donc pas passée à coté de tout. Isabelle s'accroche, elle croit désespérément au remède miracle en patch et à spectre large dont les indications vont du sevrage du smartphone, à celui des news anxiogènes. J'hésite sur le comment l'aider et sur le faut-il l'aider.

Sans être pleinement persuadée, je tente de faire de mon mieux et lui inocule le virus du slow par petites doses. Je sais qu'elle va se débattre, refuser le vaccin. La machine à câlins, le doux nuage sur lequel il fait bon s'abandonner, vont certainement l'enfermer et l'attacher trop court, l'étouffer. Je prends le risque du rejet.

Je m'appuie sans scrupule sur les courants porteurs : vélo, alimentation de proximité, environnement durable, nature, écologie. Le slow home, slow food, slow média, slow magazine sont mes copains. Un mode de vie à part entière. Elle risque des deuils, notamment d'anciennes connaissances et amis qui risquent de ne pas la reconnaître.

En moins de temps qu'il ne faut pour le dire, Isabelle retombe sur ses pieds. Encore une fois, elle m'étonne. Son appartement est transformé. Elle est passée du style cosi et chaleureux un tantinet surchargé avec tentures, coussins, tapis au minimum vital. Les services de vaisselles dépareillés qui témoignaient de ses histoires d'amour ont tous disparu. Ils laissent la place à juste ce qu'il faut pour recevoir 6 personnes. Les rayonnages du salon n'exposent plus la culture environnante, ils sont lissent. Même le dressing qui croulait sous les vêtements est méconnaissable. Seules quelques vestiges pendent sur les cintres. On croirait un dressing de religieuse. Les seules tenues qui ont résistées sont noires ou blanches. Quelques tailleurs jupe et pantalon, quelques chemisiers. L'absence visible de jean me fait ouvrir les tiroirs, Je suis rapidement rassurée lorsque je découvre deux trois pièces et quelques livres.

Désormais, elle pense, vit, rêve, slow food, slow cities, slow bulding, slow management, slow holiday… L'éloignement avec la rentabilité, les autoroutes, en quête de lieux paisibles et ressourçant, d'un mode de vie respectueux de la joie de vivre l'entraine vers de nouveaux horizons. Elle s'accroche à l'idée, s'entraine, milite intérieurement et au grand jour.

Et, comme elle ne fait rien à moitié, Le slow devient sa planche de salut, son nouveau label, son AOC. Bien sur, sa quête n'est pas linéaire: Le choix du déplacement à vélo pour mieux respirer bataille avec l'idée ancienne de devoir rester en forme, garder la ligne. Des relents de performance polluent encore son air.

Elle découvre le bonheur à ses pieds, juste dans le désir de ce qu'elle est et possède. Le malheur du bonheur s'est qu'il s'entoure de son contraire. Il n'existe que dans la combinaison. Pas de bac à bonheur ni de culture en pot. Etre heureux c'est rendre quelqu'un ou quelques uns heureux par contagion. Isabelle a fait le tour de son célibat, elle s'est récemment inscrite sur un site de rencontre. Elle a fait le pas, accepté que l'outil de mise en lien n'était pas parfait, qu'elle pouvait faire avec faute de mieux. Elle se donne pour objectif d'essayer mais plus celui d'y arriver. Elle a tout le temps nécessaire et suffisant, accepte de rencontrer des hommes sans objectif ni projet en laissant une place à l'imprévisible et donc à l'autre.

*Slow*

Nathalie Nallet, née en 1965 à Lyon revendique aimer les femmes, toutes les femmes. Elle retranscrit la fragilité des existences et des douleurs de l'âme, de celles qui ne tuent pas mais ne rendent pas pour autant toujours plus fort. Elle ne fait pas parti du groupe des psychologues qui chuchotent, mais de ceux qui mettent en mouvement. Sa carrière de Docteur en psychologie s'est d'abord consacrée à l'entreprise puis rapidement au soin, à l'aide à l'autre. Elle exerce actuellement en qualité de psychologue libérale. *D'une oreille à l'autre* est son premier recueil de nouvelles.

Edition : Books on Demand,
12/14 rond-Point des Champs-Elysées, 75008 Paris
Impression : BoD - Books on Demand, Norderstedt, Allemagne
ISBN : 9782322122073
Dépôt légal : Mai 2018